西班牙語導遊教你的旅遊萬用句

José Gerardo Li Chan 著

Esteban Huang 譯

Manual para viajeros

出發吧！
體驗精彩的西班牙和拉丁美洲

西班牙和拉丁美洲是許多旅行愛好者夢想的目的地，這些國家擁有歷史文明的瑰寶、秀麗獨特的風景、多元豐富的文化、有趣特別的習俗和美味可口的飲食，絕對能滿足每個不同需求的旅人。

不管是祕魯的納斯卡線（Líneas de Nazca）、馬丘比丘（Macchu Picchu）、智利的復活節島（Isla de Pascua）；或是墨西哥的提奧狄華岡（Teotihuacán）、宏都拉斯的柯邦（Copán），絕對能激發您想冒險的熱血鬥志。

而哥斯大黎加的阿雷納火山（Volcán Arenal）、阿根廷的伊瓜蘇瀑布（Cataratas de Iguazú）、玻利維亞的烏尤尼鹽湖（Salar de Uyuni）與的的喀喀湖（Lago Titicaca）、厄瓜多的加拉巴哥群島（Islas Galápagos）、委內瑞拉的天使瀑布（Salto Ángel），還有舉世聞名的巴拿馬運河（Canal de Panamá），可讓您盡情徜徉在自然的懷抱，同時讚嘆人定勝天的力量。

至於想拜訪殖民風情城鎮，不妨到這些地方：瓜地馬拉的安提瓜（Antigua）、尼加拉瓜的格蘭納達（Granada）、多明尼加的聖多明哥（Santo Domingo）、烏拉圭的科洛尼亞德爾沙加緬度（Colonia del Sacramento）。上述許多知名景點，都已列入聯合國世界遺產名單中。

西班牙和拉丁美洲有許多重要的世界級藝術家，例如：西班牙的高第（Antonio Gaudí）和達利（Salvador Dalí）、哥倫比亞的波特羅（Fernando Botero）、墨西哥的芙烈達（Frida Kahlo）。同時這裡也是當代許多重要樂舞的發源地，例如：源自古巴的騷莎（salsa）、源自哥倫比亞的巴耶那多（vallenato）、源自西班牙的佛朗明哥（flamenco）。

西班牙和拉丁美洲更是美食天堂，擁有跟亞洲風味截然不同的飲食文化，等您大快朵頤。例如：墨西哥的塔可（taco）、薩爾瓦多的噗噗沙玉米捲餅（pupusa）、委內瑞拉的玉米餅（arepas）、巴拉圭的瑪黛茶（tereré），絕對能挑逗您的味蕾。

從考古遺跡、自然景觀、殖民風情到藝術與食物，都只是我們舉出的一些例子，西班牙和拉丁美洲還有更多驚喜，等待您親自走一趟，發掘屬於您自己的獨特西語系國家旅行體驗。

到西語系國家旅行時，如果能開口說西班牙語，一定會讓旅程更加豐富，增添許多與當地人交流的動人回憶。於是，這本書就這樣誕生了！

感謝瑞蘭國際出版社長期以來的肯定和信任、所有學生的支持和建議、曾經在網站留言或寫電子郵件鼓勵和回饋我們的讀者，是您們的熱情和動力，鼓勵我們繼續寫出對讀者有幫助的西班牙語學習書。

西班牙語是世界上最重要的第二外語，在全球化時代各國交流日益頻繁的年代，我們希望能為華語世界的西班牙語學習領域略盡棉薄之力。同時，也希望為日後想學習西班牙語的朋友，留下入門和進階的西班牙語學習書。

最後，僅以下面這段話，分享給所有熱愛旅行的同好，以及想學習西班牙語的您：

¡Emprende vuelo!
Es mejor perderse en el camino
que nunca intentar volar.
En la vida, todo es posible,
con fé y fuerza de voluntad.
¡Ánimo!

出發吧！
在路途上迷路，總比不敢放手飛翔來得好，
因為你已經走在人生的道路上。
只要保持信念，沒有不能克服的困難與阻礙。

José Gerardo Li h. 李文康　Esteban 黃國祥

享受吧！
在旅途上開口說西班牙語

《西班牙語導遊教你的旅遊萬用句 Español para viajeros》，是為了到西班牙和拉丁美洲旅行的旅人而打造的西班牙語學習書，全書內容依據旅行者的需求設計。本書為小開本，便於旅行攜帶，可以隨時翻閱查詢，立刻開口說出最貼切的西班牙語。

二位作者擁有豐富的西班牙和拉丁美洲國家商務拜訪及自助旅行經歷，讓本書的內容能按照旅行實際過程編寫，符合旅行的語言需求。書中許多好用又實際的西班牙語句子，都來自作者的第一手旅行經驗。

為了幫助將來到西語系國家旅行的旅人，能夠有趟順利且愉快的旅程，作者把過去在西語系國家旅行時，曾經使用過的西班牙語記錄下來，並考量旅人碰到不同情境時有可能會用到的西班牙語，一一彙整成為本書的內容。同時，作者衡量判斷旅行者在旅途上常會講到的西班牙語，還有跟西語系國家母語人士及當地朋友交談會使用到的西班牙語，也都放入本書中。

全書分為三大部分：第一部分是「**西班牙語導遊教你的旅遊萬用字**」，作者將旅行用得到的實用單字，分門別類設計為七章，包含表達禮儀、準備行李、數字與顏色、美食與餐點、生活場所、時間與日期、行程安排，便於搜尋和使用。

第二部分是「**西班牙語導遊教你的旅遊萬用句**」，讓您在旅途中的不同場景，都能講出適切的西班牙語。例如，在醫院這個單元所提供的句子，足以讓您與醫護人員溝通。

因此，這本書絕對是您手邊最好用的西班牙語旅遊工具書，您可以翻到需要的單元，不必從頭翻找，查詢目錄就能找到好用的萬用字、萬用句。

而且，由於西班牙和拉丁美洲國家的歷史背景和風俗習慣不同，西班牙語中會出現許多具有當地特色的單字或説法，所以本書作者從不同國家的説法當中，分析出最常用的西班牙語單字和句子，提供給您使用。

此外，西班牙語的文法有許多特色，例如：主詞您（usted）和你（tú）會有不同的動詞變化、陽性（masculino）和陰性（femenino）的變化、單數（singular）和複數（plural）的變化等，本書也一一提醒。

為了讓讀者可以更迅速和輕易地掌握西班牙語，在溝通上可以更順暢和簡單，作者試圖找出在不同情況皆可使用的標準句子和單字，同時列出相同意思但西班牙語説法不同的句子，幫助讀者可以準確和便捷地開口説出西班牙語。

本書的最後，也就是第三部分是「**西班牙語導遊為你準備的旅遊指南**」，特別介紹了西班牙和拉丁美洲國家主要的旅遊亮點，包含聞名世界的重要景點，以及作者推薦的必訪地點，您可以在規劃旅行時參考。

這些西語系國家的旅遊資訊，不但能擴充您對於西語系國家的想像和認識，還可以讓您與當地人聊天時有更多話題，拉近與西班牙和拉丁美洲人的距離。

期待這本書能陪伴您一起旅行，創造美好的旅行回憶。

享受吧！讓我們在旅途上，開口說西班牙語。

José Gerardo Li h. 李文康　Esteban 黃國祥

STEP 1 ▶ 行前準備

導遊為你準備的旅遊指南 → 請參考本書 3.° PARTE

特別介紹西班牙和拉丁美洲 19 個國家的首都、使用貨幣及主要的旅遊亮點，包含聞名世界的重要景點，以及導遊推薦的必訪地點，讓您可以在規劃西語系國家旅行時參考，絕對能安排出讓人眼睛一亮的難忘行程！

01 西班牙
España

① 全名：西班牙王國（Reino de España）
② 首都：馬德里（Madrid）
③ 貨幣：歐元（Euro，貨幣編號：EUR）

旅遊亮點

- 馬德里（Madrid）
- 塞哥維亞（Segovia）
- 阿維拉（Ávila）
- 托雷多（Toledo）
- 格拉那達（Granada）
- 塞維亞（Sevilla）
- 巴塞隆納（Barcelona）
- 瓦倫西亞（Valencia）
- 巴利亞利群島（Islas Baleares）
- 加納利群島（Islas Canarias）
- 朝聖之路（Camino de Santiago）

256

02 墨西哥
México

① 全名：墨西哥合眾國（Estados Unidos Mexicanos）
② 首都：墨西哥市（Ciudad de México）
③ 貨幣：披索（Peso，貨幣編號：MXN）

旅遊亮點

- 墨西哥市（Ciudad de México）
- 提奧狄華岡（Teotihuacán）
- 瓜納華托（Guanajuato）
- 薩卡特卡斯（Zacatecas）
- 聖米格爾德阿連德（San Miguel de Allende）
- 莫雷利亞（Morelia）
- 普埃布拉（Puebla）
- 瓦哈卡（Oaxaca）
- 坎昆（Cancún）
- 帕倫克（Palenque）
- 奇琴伊查（Chichen Itzá）
- 烏斯馬爾（Uxmal）

257

在前往西語系國家之前，您可以先這樣認識西語系國家

導遊教你的西班牙語字母與拼音

附錄中，導遊將說明西班牙語的 27 個字母與拼音方式，只要知道如何拼音，並看懂重音符號，再搭配 MP3 跟著說，立刻開口說西班牙語！

西班牙語字母表

Abecedario

MP3-101

字母大寫	小寫	西語發音
A	a	a
B	b	be
C	c	ce
Ch	ch	che
D	d	de
E	e	e
F	f	efe
G	g	ge
H	h	hache
I	i	i
J	j	jota
K	k	ka

276

西班牙語字母拼音

Pronunciación

MP3-102

母音 子音	A	E	I	O	U
B	ba	be	bi	bo	bu
C	ca	ce	ci	co	cu
Ch	cha	che	chi	cho	chu
D	da	de	di	do	du
F	fa	fe	fi	fo	fu
G	ga	ge	gi	go	gu
		gue	gui		
		güe	güi		
H	ha	he	hi	ho	hu
J	ja	je	ji	jo	ju
K	ka	ke	ki	ko	ku

279

STEP 2 ▶ 抵達西語系國家

導遊教你的旅遊萬用字 → 請參考本書 1.° PARTE

主題

運用 7 大類 39 個小主題，認識旅遊必學的基本萬用字！

MP3 序號

特聘西班牙語名師錄製，配合 MP3 學習，您也可以說出一口漂亮又自然的西班牙語！

03 交通工具
Transporte

MP3-25

avión	飛機
barco	船
bicicleta	腳踏車
bus	巴士
carreta	牛車
carro	汽車（拉丁美洲）
coche	汽車（西班牙）
crucero	郵輪
ferry	渡船
helicóptero	直升機
metro	捷運
motocicleta	摩托車
taxi	計程車
teleférico	纜車
tranvía	電車
yate	遊艇

82 83

5 生活場所 Lugares

單字

依照分類，精選最實用的相關單字！

在西語系國家旅遊時，您可以這樣使用萬用字及萬用句

導遊教你的旅遊萬用句 → 請參考本書 2.° PARTE

場景

搭配 9 大類 61 個小場景，迅速學會各種地點、狀況、場合的旅遊萬用句！

你也可以這樣說

延伸「導遊教你這樣說」，擴展各種場景會出現的句子，讓您在旅途中根據各種情況，說出最適切的西班牙語！

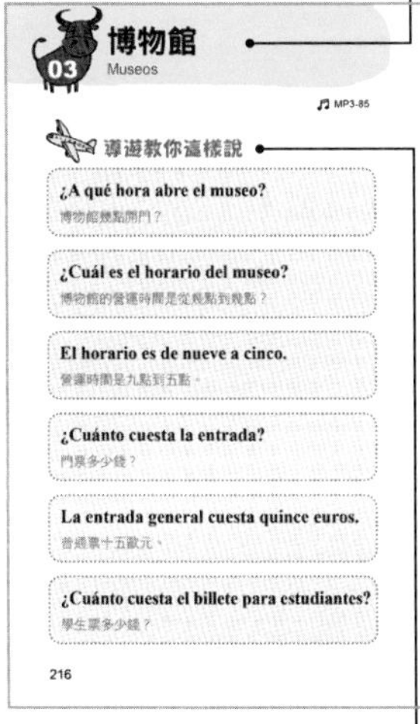

03 博物館
Museos

MP3-85

導遊教你這樣說

¿A qué hora abre el museo?
博物館幾點開門？

¿Cuál es el horario del museo?
博物館的營運時間是從幾點到幾點？

El horario es de nueve a cinco.
營運時間是九點到五點。

¿Cuánto cuesta la entrada?
門票多少錢？

La entrada general cuesta quince euros.
普通票十五歐元。

¿Cuánto cuesta el billete para estudiantes?
學生票多少錢？

216

你也可以這樣說

Su credencial de estudiante, por favor.
請出示您的學生證。

Hoy la entrada es gratuita.
今天免費入場。

¿Tienen audioguías en chino?
有中文的語音導覽嗎？

¿Cuánto cuesta el uso de las audioguías?
語音導覽的費用是多少？

¿Hay alguna exposición especial hoy?
今天有特展嗎？

Por favor, deje su mochila en consignas.
請把您的背包留在寄物處。

¿Dónde se puede comprar recuerdos de la exposición?
在哪裡可以買到展覽的紀念品？

7 觀光遊覽 Lugares turísticos

217

導遊教你這樣說

依照各個場景，「導遊教你這樣說」列出最實用、最道地的句子，讓您立即就能說出整句西班牙語！

目次

Capítulo 3

Capítulo 4

Capítulo 5

Capítulo 6 時間與日期 Tiempo

Capítulo 7 行程安排 Plan de viajes

第二篇 西班牙語導遊教你的旅遊萬用句
Segunda parte: Frases útiles

Capítulo 4 交通工具 Transporte

Capítulo 5 飯店住宿 Hospedaje

Capítulo 6

Capítulo 7

Capítulo 8 逛街購物 De compras

Capítulo 9 緊急狀況 Situaciones de emergencia

第三篇 西班牙語導遊為你準備的旅遊指南
Tercera parte: Guía de viajes por los países hispanohablantes

【附錄】 Anexo

1.° Parte

西班牙語導遊教你的
旅遊萬用字

Primera parte: Palabras útiles

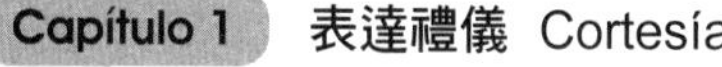

¡Bienvenido!

歡迎蒞臨！

Capítulo 1

Cortesía

表達禮儀

01 見面問候
Saludos

MP3-01

¡Hola!	你好！
Buenos días.	早安。
Buenas tardes.	午安。
Buenas noches.	晚安。
¿Cómo está?	您好嗎？
¿Cómo estás?	你好嗎？
¿Qué tal?	你好嗎？
¿Cómo te va?	你好嗎？

feliz	高興的
cansado	累的
nervioso	緊張的
enfadado	生氣的
enfermo	生病的
resfriado	感冒的
aburrido	無聊的
preocupado	擔心的

ocupado	忙的
Muy bien.	很好。
¡Bienvenido a España!	歡迎蒞臨西班牙！
Gracias.	謝謝。
Hasta luego.	再見。
Adiós.	再見。
Hasta mañana.	明天見。
Hasta la próxima semana.	下週見。

02 個人稱謂

Títulos personales

MP3-02

señor	先生
señorita	小姐
señora	太太
amigo / amiga	朋友（男 / 女）
compañero de universidad	大學同學（男）
compañero de trabajo	同事（男）
compañero de oficina	同事（男）
colega	同事

médico / médica	醫生（男 / 女）
abogado / abogada	律師（男 / 女）
secretario / secretaria	祕書（男 / 女）
ingeniero / ingeniera	工程師（男 / 女）
profesor / profesora	教授（男 / 女）
arquitecto / arquitecta	建築師（男 / 女）
enfermero / enfermera	護士（男 /女）
estudiante	學生

03 表達感謝

Agradecimientos

MP3-03

Gracias.	謝謝。
Muchas gracias.	非常感謝。
Se lo agradezco.	我向您道謝。
Es usted muy amable.	您人真好。
¡Gracias por tu apoyo!	感謝你的支持！
¡Gracias por venir!	謝謝您過來！
¡Gracias por tu regalo!	謝謝你的禮物！
¡Gracias por todo!	感謝您所做的一切！

De nada.	不客氣。
Para servirle.	不客氣。
Con mucho gusto.	是我的榮幸。
Es un placer.	是我的榮幸。
El gusto es mío.	是我的榮幸。
Para eso están los amigos.	這就是朋友。
No hay de qué.	不客氣。
Ni lo menciones.	不客氣。

04 表達道歉
Disculpas

♫ MP3-04

Disculpa.	不好意思。（你）
Disculpe.	不好意思。（您）
Perdón.	對不起。
Mis disculpas.	對不起。
Lo siento.	抱歉。
Perdóname.	原諒我。（你）
Perdóneme.	原諒我。（您）
Mis más sinceras disculpas.	最誠摯的歉意。

No importa.	沒關係。
¡No te preocupes!	別擔心！（你）
¡No se preocupe!	別擔心！（您）
¡No pasa nada!	沒關係！
¡No es nada!	沒關係！
Olvídalo.	你忘了。
Lo siento mucho.	非常抱歉。
Perdón por los inconvenientes.	很抱歉給您帶來不便。

05 表達讚美
Cumplidos

MP3-05

¡Buena idea!	好主意！
Estás preciosa.	妳真美麗。
¡Que guapo estás!	你看起來真帥！
¡Que linda estás!	妳看起來真漂亮！
¡Que inteligente eres!	你真聰明！
Eres muy especial.	你真特別。
Eres maravillosa.	妳真是棒極了。
Eres el mejor amigo del mundo.	你是世界上最好的朋友。

06 表達祝福
Deseos

MP3-06

¡Felicidades!	恭喜！
¡Enhorabuena!	恭喜！
¡Felicitaciones!	恭喜！
¡Salud!	乾杯！
¡Buen provecho!	請慢用！
¡Buen viaje!	一路順風！
¡Buena suerte!	祝你好運！
¡Qué tenga un buen día!	祝你有個美好的一天！

¡Feliz cumpleaños! | 生日快樂！

¡Feliz Navidad! | 聖誕節快樂！

¡Feliz Año Nuevo! | 新年快樂！

¡Feliz aniversario! | 週年快樂！

¡Dulces sueños! | 祝您有個好夢！

¡Qué descanse! | 祝您有個好夢！

¡Ánimo! | 加油！

¡Qué Dios te bendiga! | 願上帝保佑你！

¡Gracias por tu regalo!

謝謝你的禮物！

Capítulo 2

Equipaje
準備行李

旅行文件 Documentos de viaje

旅行用品 Artículos de uso diario

旅行衣物 Ropa

配件與飾品 Accesorios

美妝品 Cosméticos y maquillaje

01 旅行文件
Documentos de viaje

MP3-07

pasaporte	護照
visado	簽證
visa	簽證
foto tamaño pasaporte	證件照
fotocopia del pasaporte	護照影本
fotocopia de la visa	簽證影本
billete de avión	機票
tarjeta de crédito	信用卡

02 旅行用品
Artículos de uso diario

MP3-08

bolígrafo	原子筆
cámara digital	數位相機
cepillo de dientes	牙刷
champú	洗髮精
cuaderno	筆記本
desodorante	體香劑
espejo	鏡子
fijador para el cabello	定型液

gel para el cabello	髮膠
gel de ducha	沐浴乳
hilo dental	牙線
jabón	香皂
lápiz	鉛筆
limpiador facial	洗面乳
medicina	藥
memoria USB	USB隨身碟

papel higiénico	衛生紙
pasta de dientes	牙膏
peine	梳子
maquinilla de afeitar	刮鬍刀
repelente para mosquitos	防蚊液
tarjeta de memoria	記憶卡
toalla	毛巾
compresa higiénica	衛生棉

旅行衣物
Ropa

MP3-09

abrigo	大衣
bañador	泳衣
blusa	女士襯衫 / 罩衫
braga	女性內褲
calzoncillo	男性三角內褲
calcetines	襪子
camisa	襯衫
camiseta	T恤

chaqueta	夾克
falda	裙子
medias	襪子
pantalones	褲子
sujetador	胸罩
traje	套裝
vaqueros	牛仔褲
vestido	禮服 / 洋裝

04 配件與飾品
Accesorios

MP3-10

anillo 戒指

bolso 肩背包

broche 胸針

bufanda 圍巾

cartera 皮夾

cinturón 皮帶

collar 項鍊

corbata 領帶

gafas de sol	太陽眼鏡
gorra	鴨舌帽
guantes	手套
mochila	背包
pañuelo	手帕
pendientes	耳環
pulsera	手鐲 / 手鍊
sombrero	帽子

05 美妝品
Cosméticos y maquillaje

MP3-11

crema de día	日霜
crema de manos	護手霜
crema de noche	晚霜
crema de pies	護足霜
crema de protección solar	防曬乳
gel exfoliante	去角質露
perfume	香水
tónico	化妝水

Capítulo 3

Números y colores
數字與顏色

數字 Números

MP3-12

cero	0
uno	1
dos	2
tres	3
cuatro	4
cinco	5
seis	6
siete	7
ocho	8
nueve	9
diez	10
once	11
doce	12
trece	13
catorce	14
quince	15

dieciséis	16	**diecisiete**	17
dieciocho	18	**diecinueve**	19
veinte	20	**veintiuno**	21
veintidós	22	**veintitrés**	23
veinticuatro	24	**veinticinco**	25
veintiséis	26	**veintisiete**	27
veintiocho	28	**veintinueve**	29
treinta	30	**treinta y dos**	32

cuarenta	40	**cuarenta y cuatro**	44
cincuenta	50	**cincuenta y cinco**	55
sesenta	60	**sesenta y seis**	66
setenta	70	**setenta y siete**	77
ochenta	80	**ochenta y ocho**	88
noventa	90	**noventa y nueve**	99
cien	100	**ciento cinco**	105
doscientos	200	**doscientos treinta y ocho**	238

trescientos	300	**cuatrocientos**	400
quinientos	500	**seiscientos**	600
setecientos	700	**ochocientos**	800
novecientos	900	**mil**	1000
mil doscientos diez	1210	**mil novecientos ochenta**	1980
diez mil	10000（一萬）	**cuarenta mil**	40000（四萬）
medio millón	500000（五十萬）	**un millón**	1000000（一百萬）
tres millones	3000000（三百萬）	**sesenta millones**	60000000（六千萬）

02 序數
Números ordinales

MP3-13

primero 第一	**segundo** 第二
tercero 第三	**cuarto** 第四
quinto 第五	**sexto** 第六
séptimo 第七	**octavo** 第八
noveno 第九	**décimo** 第十
undécimo 第十一	**duodécimo** 第十二
decimotercero 第十三	**decimocuarto** 第十四
decimoquinto 第十五	**decimosexto** 第十六

顏色

Colores

MP3-14

amarillo	黃色
azul	藍色
beige	米色
blanco	白色
café	咖啡色
celeste	天空藍
dorado	金色
gris	灰色

índigo	靛色
naranja	橙色
negro	黑色
plateado	銀色
rosa	粉紅色
turquesa	藍綠色
verde	綠色
violeta	紫色

Capítulo 4

Comidas

美食與餐點

西班牙與拉丁美洲美食

Tipos de comida

MP3-15

arroz con leche	米飯布丁
burritos	墨西哥捲餅
churros	吉拿棒
empanadas	炸餃子
gazpacho	西班牙蔬菜冷湯
tortilla	拉丁美洲玉米餅
tortilla española	西班牙蛋餅
plato típico	傳統餐點

parrillada	烤肉
sopa de mariscos	海鮮湯
tamal	玉米粽子
perro caliente	熱狗
pizza	披薩
sándwich	三明治
espagueti	義大利麵
comida vegetariana	素食

日常餐點
Comidas diarias

MP3-16

almuerzo	午餐
arroz	米飯
cena	晚餐
crema	濃湯
desayuno	早餐
ensalada	沙拉
flan	焦糖蛋奶 / 布丁
frijoles / judías	豆子

hamburguesa	漢堡
helado	冰淇淋
huevo	蛋
patatas fritas	炸薯條
papas fritas	炸薯條
pan	麵包
pastel	蛋糕
plato del día	當日特餐

pollo frito	炸雞
puré	馬鈴薯泥

肉類
Carnes

♫ MP3-17

bistec	牛排
carne	肉
carne blanca	白肉
solomillo	沙朗牛排
carne picada	絞肉
carne roja	紅肉
cerdo	豬肉
chuleta	排骨

cordero	羊肉
costilla	肋排
jamón	火腿
pato	鴨肉
pavo	火雞肉
pollo	雞肉
salchicha	香腸
tocino	五花肉

海鮮

Mariscos

MP3-18

abulón	鮑魚
almeja	蛤蜊
atún	鮪魚
calamar	魷魚
camarón	蝦
cangrejo	螃蟹
merluza	鱈魚
gambas	蝦

langosta	龍蝦
mejillón	貽貝
ostra	牡蠣
pescado	魚
pulpo	章魚
salmón	鮭魚
sardina	沙丁魚
trucha	鱒魚

蔬菜
Vegetales

MP3-19

apio	芹菜
brócoli	青花菜
cebolla	洋蔥
chile	辣椒
coliflor	花椰菜
espárragos	蘆筍
espinaca	菠菜
lechuga	萵苣

calabaza	南瓜
papa	馬鈴薯
patata	馬鈴薯
pepino	黃瓜
repollo	高麗菜
tomate	番茄
maíz	玉米
zanahoria	紅蘿蔔

06 水果 Frutas

MP3-20

cereza	櫻桃
fresa	草莓
guayaba	芭樂
limón	檸檬
mango	芒果
manzana	蘋果
melocotón / durazno	水蜜桃
melón	哈密瓜

naranja	橘子
papaya	木瓜
pera	梨子
piña	鳳梨
plátano	香蕉
pomelo	葡萄柚
sandía	西瓜
uva	葡萄

飲料
Bebidas

MP3-21

agua	水
agua mineral	礦泉水
batido	奶昔
café	咖啡
café con leche	咖啡加牛奶
café expreso	濃縮咖啡
café negro	黑咖啡
cerveza	啤酒

chocolate	巧克力
jugo	果汁
leche	牛奶
té	茶
té con leche	奶茶
tequila	龍舌蘭酒
vino	紅酒
zumo	果汁

08 味道與調味料

Sabores y condimentos

MP3-22

ácido	酸的
caliente	燙的 / 熱的
delicioso	美味的
dulce	甜的
frío	冰的
picante	辣的
rico	好吃的
amargo	苦的

aceite	油
aceite de oliva	橄欖油
albahaca	羅勒
ajo	大蒜
azafrán	番紅花
azúcar	糖
canela	肉桂
mantequilla	奶油

mayonesa	美乃滋
mermelada	果醬
miel	蜂蜜
mostaza	芥末醬
queso en polvo	起司粉
sal	鹽
salsa de tomate	番茄醬
vinagre	醋

¡Perdóname!

原諒我！

Capítulo 5

Lugares
生活場所

01 生活場所 Lugares

02 商店 Tiendas

03 交通工具 Transporte

04 位置、方向 Dirección

生活場所
Lugares

MP3-23

aparcamiento	停車場
ayuntamiento	市政府
banco	銀行
biblioteca	圖書館
castillo	城堡
cine	電影院
compañía	公司
embajada	大使館

escuela	學校
estación de policía	警察局
estación de tren	火車站
gasolinera	加油站
hospital	醫院
iglesia	教堂
estación de bus	車站
museo	博物館

palacio	皇宮
parque	公園
piscina	游泳池
plaza	廣場
puerto	港口
restaurante	餐廳
teatro	劇院
zoo	動物園

商店
Tiendas

MP3-24

agencia de viajes	旅行社
centro comercial	購物中心
farmacia	藥房
joyería	珠寶店
lavandería	洗衣店
librería	書店
panadería	麵包店
tienda de departamentos	百貨公司

交通工具
Transporte

MP3-25

avión	飛機
barco	船
bicicleta	腳踏車
bus	巴士
carreta	牛車
carro	汽車（拉丁美洲）
coche	汽車（西班牙）
crucero	郵輪

ferry | 渡船

helicóptero | 直升機

metro | 捷運

motocicleta | 摩托車

taxi | 計程車

teleférico | 纜車

tranvía | 電車

yate | 遊艇

04 位置、方向
Dirección

MP3-26

este	東方
oeste	西方
sur	南方
norte	北方
derecha	右邊
izquierda	左邊
al lado	旁邊
delante	前面

detrás	後面
enfrente	對面
encima	上面
sobre	上面
debajo	下面
dentro	裡面
en	在……的裡面
fuera	外面

cerca	附近
junto	附近
lejos	遠處
alrededor	周圍
aquí	這裡 / 這邊
allí	那裡 / 那邊
centro	中間
entre... y...	在……和……的中間

Capítulo 6

Tiempo
時間與日期

01 時間 Tiempo

02 月份 Meses

03 星期 Días de la semana

04 小時與分鐘 Hora

05 天氣與季節 Clima y estaciones del año

06 星座與生肖 Zodiaco

時間

Tiempo

MP3-27

hoy	今天
mañana	明天
pasado mañana	後天
la próxima semana	下星期
el próximo mes	下個月
el próximo año	明年
anoche	昨晚
ayer	昨天

anteayer	前天
la semana pasada	上星期
el mes pasado	上個月
el año pasado	去年
fin de semana	週末
día entre semana	平日
hace ~ semana	～個星期前
dentro de ~ semanas	～個星期後

月份
Meses

MP3-28

enero	一月
febrero	二月
marzo	三月
abril	四月
mayo	五月
junio	六月
julio	七月
agosto	八月

septiembre / setiembre	九月
octubre	十月
noviembre	十一月
diciembre	十二月
mes	月
año	年
día	天 / 日
semana	星期

星期
Días de la semana

MP3-29

lunes	星期一
martes	星期二
miércoles	星期三
jueves	星期四
viernes	星期五
sábado	星期六
domingo	星期日

小時與分鐘

Hora

♫ MP3-30

¿Qué hora es?	現在幾點鐘？
Es la una en punto.	一點整。
Son las dos y cinco de la madrugada.	凌晨二點五分。
Son las diez y cuarto de la mañana.	早上十點十五分。
Son las cuatro y veinte de la tarde.	下午四點二十分。
Son las ocho y media de la noche.	晚上八點半。
Son las once menos cuarto de la noche.	晚上十點四十五分。
Son las nueve y cuarenta y cinco de la noche.	晚上九點四十五分。

segundo	秒
minuto	分
hora	時
cuarto	十五分
media	三十分
en punto	整點
mediodía	半天
medianoche	午夜

天氣與季節

Clima y estaciones del año

♫ MP3-31

Hace buen tiempo.	天氣好。
Hace calor.	天氣熱。
Hace sol.	出太陽。
Hace frío.	天氣冷。
Hace viento.	有風。
Hace mal tiempo.	天氣不好。
Está nublado.	陰天。
Hay niebla.	起霧。

llover	下雨
nevar	下雪
verano	夏天
otoño	秋天
invierno	冬天
primavera	春天
sol	太陽
luna	月亮

estrella	星星
huracán	颶風
maremoto	海嘯
nube	雲
temblor	地震
terremoto	大地震
tifón	颱風
tornado	龍捲風

星座與生肖

Zodiaco

MP3-32

Aries	牡羊座
Tauro	金牛座
Géminis	雙子座
Cáncer	巨蟹座
Leo	獅子座
Virgo	處女座
Libra	天秤座
Escorpión	天蠍座

Sagitario	射手座
Capricornio	魔羯座
Acuario	水瓶座
Piscis	雙魚座
Rata / Ratón	鼠
Buey / Búfalo	牛
Tigre	虎
Conejo	兔

Dragón	龍
Serpiente	蛇
Caballo	馬
Cabra	羊
Mono	猴
Gallo	雞
Perro	狗
Cerdo / Jabalí	豬

Capítulo 7

Plan de viajes
行程安排

01 西語系國家
Países de habla hispana

MP3-33

España	西班牙
México	墨西哥
Guatemala	瓜地馬拉
Honduras	宏都拉斯
El Salvador	薩爾瓦多
Nicaragua	尼加拉瓜
Costa Rica	哥斯大黎加
Panamá	巴拿馬

Colombia	哥倫比亞
Venezuela	委內瑞拉
Ecuador	厄瓜多
Perú	祕魯
Bolivia	玻利維亞
Chile	智利
Argentina	阿根廷
Paraguay	巴拉圭

Uruguay	烏拉圭
República Dominicana	多明尼加
Cuba	古巴

02 西班牙主要城市
Ciudades importantes en España

MP3-34

Madrid	馬德里
Ávila	阿維拉
Barcelona	巴塞隆納
Segovia	塞哥維亞
Salamanca	薩拉曼卡
Toledo	托雷多
Valencia	瓦倫西亞
Granada	格拉那達

Sevilla	塞維亞
Córdoba	哥多華
Málaga	馬拉加
Zaragoza	薩拉戈薩
Bilbao	畢爾包
Léon	里昂
Cáceres	卡塞雷斯
Isla Mallorca	馬約卡島

北美洲主要城市
Ciudades importantes en América del Norte

MP3-35

Ciudad de México	墨西哥市（墨西哥）
Cancún	坎昆（墨西哥）
Guadalajara	瓜達拉哈拉（墨西哥）
Zacatecas	薩卡特卡斯（墨西哥）
Guanajuato	瓜納華托（墨西哥）
Los Ángeles	洛杉磯（美國）
San Francisco	舊金山（美國）
Nueva York	紐約（美國）

中美洲和加勒比海主要城市

Ciudades importantes en América Central y el Caribe

MP3-36

Ciudad de Guatemala	瓜地馬拉市 （瓜地馬拉）
Antigua	安提瓜 （瓜地馬拉）
Tegucigalpa	特古西加爾巴 （宏都拉斯）
San Pedro Sula	聖佩德羅蘇拉 （宏都拉斯）
San Salvador	聖薩爾瓦多 （薩爾瓦多）
Managua	馬納瓜 （尼加拉瓜）
Granada	格拉納達 （尼加拉瓜）
León	雷昂 （尼加拉瓜）

San José	聖荷西 （哥斯大黎加）
Cartago	喀塔哥 （哥斯大黎加）
Ciudad de Panamá	巴拿馬市 （巴拿馬）
Ciudad Colón	科隆城 （巴拿馬）
La Habana	哈瓦那 （古巴）
Varadero	巴拉德羅 （古巴）
Trinidad	千里達 （古巴）
Santo Domingo	聖多明哥 （多明尼加）

南美洲主要城市
Ciudades importantes en América del Sur

MP3-37

Buenos Aires	布宜諾斯艾利斯（阿根廷）
Mendoza	門多薩（阿根廷）
Puerto Iguazú	伊瓜蘇港市（阿根廷）
Ushuaia	烏蘇懷亞（阿根廷）
Bogotá	波哥大（哥倫比亞）
Lima	利馬（祕魯）
Cuzco	庫斯科（祕魯）
Arequipa	阿雷基帕（祕魯）

Quito	基多（厄瓜多）
Guayaquil	瓜亞基爾（厄瓜多）
La Paz	拉巴斯（玻利維亞）
Caracas	卡拉卡斯（委內瑞拉）
Santiago	聖地牙哥（智利）
Isla de Pascua	復活節島（智利）
Asunción	亞松森（巴拉圭）
Montevideo	蒙特維多（烏拉圭）

06 音樂與舞蹈

Tipos de música

MP3-38

flamenco	佛朗明哥
mariachi	墨西哥傳統樂隊
salsa	源自古巴的「騷莎」
bolero	源自古巴的「波蕾洛」
mambo	源自古巴的「曼波」
tango	源自阿根廷的「探戈」
cumbia	源自哥倫比亞的「昆比亞」
vallenato	源自哥倫比亞的「巴耶那多」

bachata	源自多明尼加的 「巴恰達」
merengue	源自多明尼加的 「美倫格」
reguetón	源自波多黎各的 「雷鬼凍」
samba	源自巴西的 「森巴」
ranchera	源自墨西哥的 「朗傑拉」
jazz latino	拉丁爵士
música andina	安地斯山脈 原住民音樂
rumba	源自古巴的 「倫巴」

節慶與活動
Festivales

MP3-39

Año Nuevo	新年
Noche Vieja	新年除夕（西班牙）
Navidad	聖誕節
Noche Buena	平安夜
Día de Todos los Santos	萬聖節
Semana Santa	聖週（復活節之前的一週）
Día de Muertos	死亡節（墨西哥）
Día de la Madre	母親節

Día del Padre	父親節
Día del Niño	兒童節
Las Fiestas Patronales	主保節（慶祝主保聖人的節日）
Los carnavales	嘉年華
San Fermin	聖費爾明節（西班牙）
La Tomatina	番茄節（西班牙）
Día de Reyes	三皇節
Día de la Independencia	獨立紀念日（拉丁美洲）

2.° Parte

西班牙語導遊教你的旅遊萬用句

Segunda parte: Frases útiles

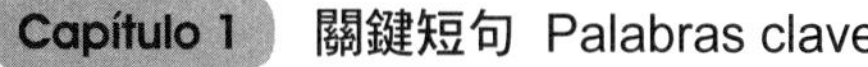

Capítulo 1 關鍵短句 Palabras clave

Capítulo 2 社交問候 Socialización

Capítulo 3 進出機場 En el aeropuerto

Capítulo 4 交通工具 Transporte

Capítulo 5 飯店住宿 Hospedaje

Capítulo 6 餐廳用餐 Gastronomía

Capítulo 7 觀光遊覽 Lugares turísticos

Capítulo 8 逛街購物 De compras

Capítulo 9 緊急狀況 Situaciones de emergencia

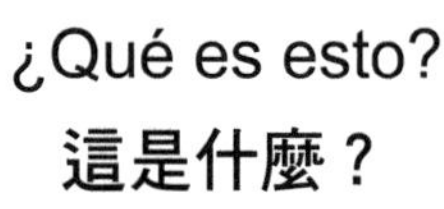
¿Qué es esto?
這是什麼？

Capítulo 1

Palabras clave
關鍵短句

關鍵短句
Palabras clave

MP3-40

Vale.	好的。
De acuerdo.	好的。
Está bien.	好的。
¿De verdad?	真的嗎？
¡Salud!	乾杯！
Por favor.	請。
¡Claro!	當然！

¡Por supuesto!	當然！
¿Qué es esto?	這是什麼？
No sé.	不知道。
¿Cómo se dice "~" en español?	這句「～」的西班牙語怎麼說？
Entiendo.	我了解。
No comprendo.	我不了解。
¿Qué significa "~"?	這句「～」是什麼意思？

¿Cómo se escribe "~"?	這句「～」怎麼寫？
¿Está bien así?	這樣對嗎？
Hable más despacio, por favor.	請您說慢一點。
¿Puede hablar más despacio, por favor?	可以請您說慢一點嗎？
¿Puede repetir, por favor?	可以請您再說一次嗎？
¿Puede explicármelo otra vez?	您可以再解釋一次嗎？
No estoy seguro.	我不確定。

No pienso así.	我不認為如此。
No tenga pena.	您別不好意思。
Está usted en su casa.	請您當作在自己家一樣。
¡Que fácil!	真簡單！
Estoy de acuerdo.	我同意。
No me parece.	我可不這麼認為。
Tiene razón.	您是對的。

¡Ayuda!	幫忙 / 救命！
¡Auxilio!	救命！
¡Socorro!	救命！
¡Ten cuidado!	你小心！
¡Cuídate!	保重！（你）
Llame a la policía.	打電話叫警察。（您）
Llame a la ambulancia.	打電話叫救護車。（您）

Llame a los bomberos.	打電話叫消防隊。（您）
Pase adelante.	請進。（您）
Nos vemos más tarde.	我們晚點見。
¿Qué le parece?	您覺得如何？
¿Cómo quedamos?	我們怎麼約？
¿Está todo bien?	一切都好嗎？
¿Está todo en orden?	一切都好嗎？

Mucho gusto.

幸會。

Capítulo 2

Socialización

社交問候

01 互相介紹
Presentación personal

02 自我介紹
Presentación personal

03 聯絡方式
El número de teléfono y el correo electrónico

04 興趣嗜好
Gustos y preferencias

互相介紹

Presentation personal

MP3-41

導遊教你這樣說

¿Cómo se llama?

您叫什麼名字？

Yo soy Alejandro.

我是亞歷杭德羅。

Me llamo María.

我叫瑪利亞。

Mi nombre es Mario.

我的名字是馬力歐。

¿Cuál es su apellido?

您姓什麼？

Mi apellido es Kuo.

我姓郭。

你也可以這樣說

¿De dónde eres?

你從哪裡來？

Yo soy de Taiwán.

我來自台灣。

Este es Carlos.

這位是卡洛斯。

Esta es Rosa.

這位是蘿莎。

Él es el señor Li.

他是李先生。

Ella es la señorita Huang.

她是黃小姐。

Ella es la señora Chen.

她是陳太太。

自我介紹

Presentación personal

MP3-42

導遊教你這樣說

Te presento a Julia.

為你介紹茱麗亞。

Mucho gusto.

幸會。

Encantada.

幸會。（說話者是女性）

Encantado.

幸會。（說話者是男性）

Esta es mi tarjeta de presentación.

這是我的名片。

¿Me permite su tarjeta de presentación?

可以請您給我您的名片嗎？

你也可以這樣說

¿A qué te dedicas?

你做什麼工作？

Yo soy estudiante.

我是學生。

Yo soy ingeniero.

我是工程師。

Yo soy ejecutivo de ventas.

我是業務員。

Yo soy secretaria.

我是祕書。

¿Dónde trabajas?

你在哪裡工作？

Yo trabajo en una compañía de exportación.

我在一間出口公司工作。

聯絡方式

El número de teléfono y el correo electrónico

MP3-43

導遊教你這樣說

¿Cuál es tu número de teléfono?

你的電話號碼是幾號？

Mi número de teléfono es 0926355698.

我的電話號碼是0926355698。

¿Cuál es tu correo electrónico?

你的電子郵件是什麼？

Mi correo electrónico es hola@correo.com.

我的電子郵件是hola@correo.com。

¿Cuál es tu número de extensión?

你的電話分機是幾號？

Mi número de extensión es siete.

我的電話分機是7。

興趣嗜好

Gustos y preferencias

MP3-44

導遊教你這樣說

¿Qué te gusta hacer en tu tiempo libre?

你有空的時候喜歡做什麼？

Me gusta ir a la montaña.

我喜歡去山上。

Me encanta ir de compras.

我非常喜歡去購物。

Prefiero montar en bicicleta.

我比較喜歡騎腳踏車。

Me gusta hacer deporte.

我喜歡做運動。

Deseo viajar alrededor del mundo.

我想要環遊世界。

你也可以這樣說

Quiero conocer nuevos amigos.

我想認識新朋友。

Me gusta ir a conciertos.

我喜歡去聽演唱會。

Me encanta cantar.

我非常喜歡唱歌。

Me interesa conocer las tradiciones de otros países.

我對認識其他國家的傳統有興趣。

Me encanta ir al cine.

我非常喜歡去看電影。

Me gusta ver exposiciones.

我喜歡看展覽。

Me encanta el fútbol.

我非常喜歡足球。

Capítulo 3

En el aeropuerto

進出機場

01 前往機場 En rumbo al aeropuerto

02 登記行李 Facturación del equipaje

03 辦理退稅 Devolución de impuestos

04 在登機門 En la puerta de abordaje

05 在飛機上 En el avión

06 入境管理處 Control de Pasaportes

07 提領行李 Reclamación del equipaje

08 海關申報 Aduanas

09 兌換外幣 Cambio de divisas

10 旅遊資訊 Oficina de información

11 旅遊保險 Compañía de seguros

前往機場

En rumbo al aeropuerto

MP3-45

導遊教你這樣說

Disculpe, ¿dónde puedo tomar el metro con destino al aeropuerto?
請問，我可以在哪裡搭乘去機場的捷運？

¿Cuánto vale el billete?
票價多少？

¿Cuánto cuesta el tiquete al aeropuerto?
去機場的票多少錢？

Deseo comprar un billete al aeropuerto.
我想要買一張到機場的票。

Monto exacto.
剛好的錢（不找零）。

No se da cambio.
不找零。

你也可以這樣說

¿Cuánto dura el viaje de aquí al aeropuerto?

從這裡到機場的車程要多久？

Una hora aproximadamente.

大約一個小時。

¿Me puede avisar cuando lleguemos a la terminal, por favor?

可以請您在抵達航廈時告訴我嗎？

¿En cuál terminal se encuentra la aerolínea Avianca?

Avianca航空在哪個航廈？

¿A qué hora sale el primer metro hacia el aeropuerto?

到機場的第一班捷運幾點開？

¿Cuánto me cobra de aquí al aeropuerto?

從這裡到機場多少錢？

Voy a pensarlo, gracias.

我會考慮一下，謝謝。

登記行李

02 Facturación del equipaje

MP3-46

導遊教你這樣說

Pase a la ventanilla dos, por favor.

請您前往二號櫃檯。

¿Cuál es su destino final?

您最後的目的地是哪裡？

¿Lleva equipaje?

您有行李嗎？

Ponga su equipaje aquí, por favor.

請把您的行李放在這裡。

Usted lleva sobrepeso de equipaje.

您攜帶的行李超重。

Usted tiene que sacar algunas cosas de su maleta.

您必須從您的行李中拿出來一些東西。

你也可以這樣說

Su maleta sobrepasa las dimensiones.

您的行李過大。

El peso máximo de cada maleta es de veintitrés kilos.

每件行李最大的重量為二十三公斤。

Solo llevo equipaje de mano.

我只有帶手提行李。

Solo se permite una maleta de mano.

只允許一件手提行李。

No puede llevar esas cosas como equipaje de mano.

您不能攜帶那些東西當作手提行李。

Verifique que su maleta ha pasado el control de rayos equis, por favor.

請確認您的行李通過行李安檢X光機。

El vuelo está retrasado.

班機延遲。

03 辦理退稅

Devolución de impuestos

MP3-47

導遊教你這樣說

Muestre los productos comprados, por favor.

請您出示購買的產品。

Enséñeme la mercancía, por favor.

請您出示商品。

No se puede solicitar la devolución de impuestos para este producto.

這個產品不能申請退稅。

Usted ya hizo la devolución de impuestos en Francia.

您已經在法國退稅了。

Deseo que me depositen en mi tarjeta de crédito.

我想要退款到我的信用卡。

Quiero la devolución de impuestos en efectivo.

我要退現金。

在登機門

04

En la puerta de abordaje

MP3-48

導遊教你這樣說

¿Dónde está la puerta de abordaje número dos?

二號登機門在哪裡？

¿Cuál es la puerta de abordaje para el vuelo de LAN Chile LA-532?

LAN Chile航空LA-532號航班的登機門是哪一個？

La puerta de abordaje del vuelo de Iberia IBE-567 se ha cambiado a la dieciocho.

Iberia航空IBE-567號航班的登機門改到十八號登機。

Este es el último llamado a los pasajeros del vuelo de Aeroméxico AMX-156.

這是Aeroméxico航空AMX-156號航班的最後登機廣播。

Tengo un vuelo de conexión.

我有轉機的航班。

El personal de la aerolínea va a guiarle.

航空公司的人員會引導您。

在飛機上

En el avión

MP3-49

導遊教你這樣說

Bienvenidos a bordo.

歡迎登機。

Coloque su maleta de mano arriba, por favor.

請把您的手提行李放在上面。

Ponga esas bolsas en el compartimiento superior, por favor.

請把那些袋子放在上面的行李櫃。

Coloque su bolso debajo del asiento delantero, por favor.

請把您的包包放在前面座椅的下方。

Ajuste el respaldar en forma vertical, por favor.

請把座椅調正。

Póngase el cinturón de seguridad, por favor.

請扣上安全帶。

你也可以這樣說

Apague el móvil, por favor.

請關手機。

¿Qué desea tomar?

您想喝什麼飲料？

¿Desea comer pollo o pescado?

您想要吃雞肉或魚肉？

¿Podría darme un vaso de agua, por favor?

可以請您給我一杯水嗎？

¿Me puede dar una manta, por favor?

可以請您給我一條毯子嗎？

¿Me trae unos audífonos, por favor?

可以請您給我一個耳機嗎？

¿Me puede dar una boleta de migración, por favor?

可以請您給我一張入境單嗎？

入境管理處

06 Control de Pasaportes

MP3-50

導遊教你這樣說

Su pasaporte, por favor.

請出示您的護照。

Complete este formulario de migración.

填寫這份入境單。

¿Cuál es el motivo de su viaje?

您這趟行程的目的是什麼？

Turismo.

觀光。

¿Cuánto tiempo va a estar?

您預定停留多久？

Tres semanas.

三個禮拜。

提領行李

Reclamación del equipaje

MP3-51

導遊教你這樣說

¿Dónde puedo recoger las maletas del vuelo CMP-080?

我可以在哪裡提領CMP-080號航班的行李？

¿En cuál cinta puedo recoger las maletas del vuelo IBE-245?

我可以在哪一個行李轉盤提領IBE-245號航班的行李？

Vea la información en el monitor.

看螢幕上的資訊。

Pregúntele al personal de la aerolínea.

您問航空公司人員。

Pregúntele a aquel agente de seguridad.

您問那位保全。

¿Dónde hay carritos para el equipaje?

哪裡有行李推車？

你也可以這樣說

¿Dónde está la oficina de reclamo de equipaje?

行李領取處在哪裡？

Mi maleta aún no ha llegado.

我的行李沒有到。

¿Tiene la etiqueta de reclamo del equipaje?

您有行李提領證嗎？

Mi maleta es negra.

我的行李是黑色的。

Mi maleta es plateada.

我的行李是銀色的。

Complete este formulario, por favor.

請您填好這張申請表。

Le informaré cuando encuentre su maleta.

當我找到行李會通知您。

海關申報

08 Aduanas

MP3-52

導遊教你這樣說

¿Tiene algo que declarar?

您有東西要申報嗎？

Abra sus maletas, por favor.

請打開您的行李。

¿Qué es esto?

這是什麼？

¿Qué lleva en esta bolsa?

在這個袋子裡您帶了什麼？

Son unos regalos para mis amigos.

這些是給朋友的禮物。

Usted tiene que pagar impuestos.

您必須付稅金。

兌換外幣
Cambio de divisas

MP3-53

導遊教你這樣說

¿Cómo está el tipo de cambio?
匯率是多少？

¿A cuánto está el tipo de cambio hoy?
今天的匯率是多少？

Un dólar por cuatro pesos.
一美金兌換四披索。

¿Reciben euros?
您們收歐元嗎？

¿Me puede cambiar este billete por uno más nuevo?
您可以幫我把這張鈔票換成新一點的嗎？

¿Me puede cambiar este billete a denominaciones más bajas?
您可以幫我把這張紙鈔換成小額的鈔票嗎？

你也可以這樣說

¿Aceptan cheques viajero?

您們收旅行支票嗎？

Solo se aceptan billetes de cien dólares.

只收一百元美金。

¿Cuánto es la comisión?

手續費是多少？

La comisión es del cinco por ciento.

手續費是百分之五。

No se cobra comisión.

不收手續費。

¿Me permite su pasaporte, por favor?

可以請您給我您的護照嗎？

Firme aquí, por favor.

請在這裡簽名。

旅遊資訊
Oficina de información

MP3-54

導遊教你這樣說

¿Hay consignas de equipaje en este aeropuerto?
這個機場有行李寄物櫃嗎？

¿Dónde está la oficina de devolución de impuestos?
退稅櫃檯在哪裡？

¿En qué planta está la sección de comidas?
美食街在哪一層樓？

¿Dónde está la ventanilla de facturación de la aerolínea Copa?
Copa航空的報到櫃檯在哪裡？

¿Hay alguna farmacia en el aeropuerto?
機場有任何藥房嗎？

¿Qué medios de transporte puedo tomar para ir a la ciudad?
去市區要搭哪種交通工具？

你也可以這樣說

¿Dónde puedo cambiar dinero?

我可以在哪裡換錢？

¿Hay alguna casa de cambio cerca?

附近有任何兌換所嗎？

Está al final del pasillo.

在走廊盡頭。

¿Hay alguna oficina de correos cerca?

附近有任何郵局嗎？

¿Dónde puedo comprar una tarjeta SIM?

我可以在哪裡買SIM卡？

Disculpe, ¿tiene un mapa de Buenos Aires?

請問有布宜諾斯艾利斯的地圖嗎？

Este es un folleto con información turística de la ciudad.

這裡是城市旅遊資訊手冊。

11 旅遊保險

Compañía de seguros

MP3-55

導遊教你這樣說

Deseo comprar un seguro de viaje.

我想要買一份旅遊保險。

Voy a España.

我去西班牙。

Visitaré estos países.

我會拜訪這些國家。

La fecha del viaje es del dos de abril al dieciocho de abril.

旅行期間是從四月二日到四月十八日。

¿Me puede escribir en inglés la cobertura del seguro?

您能用英語寫下來保險的內容嗎？

Quiero un seguro que cubra atención médica, retraso del avión y pérdida de equipaje.

我要一份包含醫療、航班延遲和行李遺失的保險。

Capítulo 4

Transporte

交通工具

01 搭計程車 Tomando el taxi

02 搭捷運 Tomando el metro

03 搭公車 Tomando el autobús

04 搭火車 Tomando el tren

05 租車 Alquilando un coche

06 搭船 Tomando el barco

07 搭纜車 Tomando el teleférico

08 觀光公車 Bus turístico

搭計程車

Tomando el taxi

MP3-56

導遊教你這樣說

¿Cuánto me cobra al centro de la ciudad?

到市中心多少錢？

¿Cuánto cuesta de aquí a la estación de metro?

從這裡到捷運站多少錢？

La tarifa es fija.

價格固定。

Se cobra lo que indique el taxímetro.

按照跳錶機收費。

Lo lamento, no voy al centro de la ciudad.

不好意思，我不去市中心。

Llléveme a este lugar, por favor.

請帶我去這個地方。

你也可以這樣說

Permítame ayudarle con el equipaje.

讓我幫您拿行李。

Por favor, ponga el taxímetro.

請開跳錶機。

Disculpe, ¿puede ir más rápido?

不好意思，您可以開快一點嗎？

Usted puede pagar con tarjeta de crédito.

您可以用信用卡付錢。

Lo siento, no tengo cambio.

對不起，我沒有零錢。

Espéreme un momento, por favor.

請您等我一下。

¿Tiene un billete de denominación más baja?

您有面額小一點的鈔票嗎？

02 搭捷運

Tomando el metro

MP3-57

導遊教你這樣說

Disculpe, ¿dónde está la estación de metro?

請問，捷運站在哪裡？

Disculpe, ¿dónde está el subte?

請問，捷運站在哪裡？（阿根廷的捷運叫做subte）

La estación de metro está al lado del parque.

捷運站在公園的旁邊。

Deseo dos billetes, por favor.

麻煩您，我想要二張票。

Quiero ir a la estación Universidad de Chile.

我要去智利大學站。

¿Cuál línea de metro puedo tomar para ir al Centro Histórico?

我可以搭哪條線去歷史中心？

你也可以這樣說

Disculpe, ¿cómo se llama esta estación?

請問，這個站叫什麼名字？

¿Cuánto cuesta el billete?

票多少錢？

Un euro.

一歐元。

Aquí tiene.

在這裡。

¿Dónde está la máquina expendedora de tiquetes?

自動售票機在哪裡？

¿A qué hora sale el primer metro?

第一班捷運幾點開？

¿A qué hora sale el último metro?

最後一班捷運幾點開？

搭公車
Tomando el autobús

MP3-58

導遊教你這樣說

¿Hay alguna parada de autobús cerca de aquí?
這裡附近有公車站嗎？

Disculpe, ¿dónde está la estación de autobuses?
公車站在哪裡？

Deseo comprar dos tiquetes a Toledo.
我想要買二張到托雷多的票。

¿Cuánto cuesta el billete?
票價多少錢？

¿A qué hora sale el autobús?
幾點發車？

El autobús sale en cinco minutos.
五分鐘之後發車。

你也可以這樣說

¿Necesito cambiar de autobús?

需要轉車嗎？

Disculpe, ¿está ocupado este asiento?

請問，這個位子有人坐嗎？

¿Puedo sentarme aquí?

我可以坐在這裡嗎？

Perdone, ¿está libre este asiento?

請問，這個位子是空的嗎？

¿Puede avisarme cuando lleguemos a La Sagrada Familia?

到了聖家堂您可以通知我嗎？

Parada, por favor.

請停車。

Monto exacto.

剛好的錢（不找零）。

搭火車

Tomando el tren

MP3-59

導遊教你這樣說

Cuatro billetes a Barcelona, por favor.

請給我四張往巴塞隆納的票。

¿Qué clase desea?

您想要哪種等級的車票？

Deseo un billete en primera clase.

我想要一張頭等艙的票。

Deseo un billete en clase económica.

我想買一張經濟艙的票。

Deseo un billete ida y vuelta.

我想要一張來回票。

Deseo un tiquete en coche cama.

我想要一張臥鋪票。

你也可以這樣說

¿Para qué fecha desea el tiquete?

您想要哪個日期的票？

Para el dieciocho de octubre.

十月十八日。

¿Qué diferencia hay entre clase turista y clase preferente?

觀光車廂和VIP車廂有什麼不同？

¿Puedo pagar con tarjeta de crédito?

可以用信用卡付款嗎？

Sí, claro.

是的，當然可以。

Lo siento, solo se acepta efectivo.

不好意思，只收現金。

¿A qué hora sale el primer tren a Salamanca?

第一台往薩拉曼卡的火車幾點出發？

導遊教你這樣說

¿Me puede dar el horario de los trenes?

您可以給我火車時刻表嗎？

¿En qué andén puedo tomar el tren?

我可以在哪個月台搭這班火車？

Tome el tren en el andén dos.

在二號月台搭車。

Disculpe, ¿dónde está el andén diez?

請問，十號月台在哪裡？

Este tren está retrasado.

這班火車誤點。

Este tren viene con treinta minutos de retraso.

這班火車延遲三十分鐘到達。

¿Cuántas estaciones faltan para llegar a Valencia?

到瓦倫西亞還有幾站？

租車

Alquilando un coche

MP3-60

導遊教你這樣說

Deseo alquilar un coche.

我想要租一輛車。

¿Qué modelo prefiere?

您比較喜愛什麼車款？

Deseo un coche familiar.

我想要一台家庭房車。

¿Cuánto es el alquiler por día?

租一天的費用是多少？

El alquiler cuesta cincuenta dólares por día con kilometraje ilimitado.

一天的租車費用是五十美金，沒有里程限制。

La tarifa es de veinticinco dólares por día.

一天的費用是二十五美金。

你也可以這樣說

¿Qué marcas de automóviles tienen?

您們有什麼廠牌的車？

¿Dónde puedo recoger el coche?

我可以在哪裡取車？

¿Dónde puedo devolver el coche?

我可以在哪裡還車？

¿Puedo devolver el coche en otra ciudad?

我可以在另一個城市還車嗎？

¿Qué incluye el seguro?

保險包含什麼？

¿Me permite su pasaporte y licencia internacional de conducir, por favor?

可以請您出示您的護照和國際駕照嗎？

Aquí tiene las llaves.

鑰匙在這裡。

搭船

Tomando el barco

MP3-61

導遊教你這樣說

Disculpe, ¿dónde puedo tomar el ferry para Gran Canarias?

請問，哪裡可以搭乘往大加納利群島的渡輪？

Deseo reservar un billete.

我想預約一張票。

¿Qué días sale el barco?

哪一天有船？

Todos los días.

每一天。

De lunes a viernes.

從週一到週五。

Solo los fines de semana.

只有週末。

你也可以這樣說

¿Cuánto dura el viaje?

船程要多久時間？

Dura una hora aproximadamente.

大約一個小時。

¿Cuántas escalas hace?

中途停靠幾次？

Dos escalas.

二次。

¿A qué hora sale el barco?

船幾點出發？

¿Cuántas horas antes debo estar en el puerto?

幾個小時以前要到港口？

Dos horas antes.

二個小時之前。

導遊教你這樣說

En el muelle cinco.

在五號碼頭。

El barco sale en quince minutos.

船十五分鐘之後出發。

¿En qué puedo ayudarle?

我可以幫上什麼忙嗎？

¿Me puede dar una bolsa?

可以請您給我一個袋子嗎？

Siento náuseas.

我感到噁心。

Estoy mareado.

我頭暈了。

¿Dónde está el salvavidas?

救生衣在哪裡？

搭纜車

Tomando el teleférico

MP3-62

導遊教你這樣說

¿Dónde puedo comprar los boletos?

我可以在哪裡買票？

Haga fila aquí, por favor.

請在這裡排隊。

¿Cuánto cuesta el billete?

票多少錢？

Dos dólares con cincuenta céntimos.

二點五美金。

¿Hay descuento para estudiantes?

學生有優惠嗎？

¿Hay descuentos para personas mayores?

老人有優惠嗎？

你也可以這樣說

¿Puedo tomar una foto aquí?

我可以在這裡拍照嗎？

Lo siento, no está permitido.

不好意思，這裡禁止拍照。

El próximo.

下一位。

¿Alguien viaja solo?

有單獨一位的旅客嗎？

Quiero tomar la próxima cabina.

我要搭下一個車廂。

No se permite fumar aquí.

禁止吸菸。

No se permite comer en la cabina.

車廂內禁止飲食。

觀光公車

Bus turístico

MP3-63

導遊教你這樣說

¿Hay bus turístico en esta ciudad?

這個城市有觀光巴士嗎？

¿Dónde puedo tomar el bus turístico?

我可以在哪裡搭觀光巴士？

En aquella esquina.

在那個路口。

¿Hay descuento para grupos?

有團體折扣嗎？

Se ofrece un cinco por ciento de descuento.

我們提供九五折的折扣。

¿Cuál es el horario de servicio?

營運時間是從幾點到幾點？

你也可以這樣說

¿Me da un mapa de la ruta, por favor?

可以給我一份路線圖嗎？

¿Cada cuánto sale el bus turístico?

觀光巴士多久發車一次？

El bus turístico sale cada hora.

觀光巴士每一個小時發車一次。

¿En qué lenguas son las audioguías?

語音導覽有哪些語言？

Español, inglés y chino.

西班牙語、英語和中文。

¿Puedo tomar todas las líneas?

我可以搭乘所有的路線嗎？

La línea amarilla requiere un pago adicional.

黃色線需要另外購票。

Quiero una habitación
con balcón.
我要一個有陽台的房間。

Capítulo 5

Hospedaje
飯店住宿

01 預約飯店 Reservaciones

02 入住登記 Registro en el hotel

03 更換房間 Cambio de habitación

04 叫醒服務 Servicio de despertador

05 其他服務 Otros servicios

06 飯店設施 Uso de las instalaciones

07 住宿問題 Quejas

08 辦理退房 La salida

預約飯店
Reservaciones

MP3-64

導遊教你這樣說

Deseo hacer una reserva para la próxima semana.
我想要為下個禮拜預訂一個房間。

Deseo hacer una reserva para el próximo mes.
我想要為下個月預訂一個房間。

Deseo hacer una reservación para el veinticinco de diciembre.
我想要為十二月二十五日預訂一個房間。

Quiero una habitación doble.
我要一間雙人房。

Quiero una habitación triple.
我要一間三人房。

Quiero una habitación familiar.
我要一間家庭房。

你也可以這樣說

¿Cómo desea la habitación?

您想要什麼樣的房間？

Deseo una habitación doble con camas individuales.

我想要一間二張單人床的雙人房。

Quiero una habitación doble con cama matrimonial.

我要一間一張大床的雙人房。

Su habitación es con baño compartido.

您的房型是共用衛浴的房間。

¿A nombre de quién desea hacer la reserva?

您想要用誰的名字預訂？

¿Cuánto cuesta la habitación por noche?

房間一晚是多少錢？

Ciento veinte euros con impuesto incluído.

一百二十歐元含稅。

入住登記

Registro en el hotel

MP3-65

導遊教你這樣說

Complete este formulario, por favor.

請您填寫這張表格。

Quiero una habitación que de a la calle.

我要一個面向街道的房間。

Quiero una habitación que de a la piscina.

我要一個面向游泳池的房間。

Quiero una habitación con buena vista.

我要一個有好風景的房間。

Quiero una habitación con balcón.

我要一個有陽台的房間。

Quiero una habitación para no fumadores.

我要一個禁菸的房間。

你也可以這樣說

¿Me permite su pasaporte, por favor?

可以請您給我您的護照嗎？

Sí, claro.

好的，當然。

Usted tiene que dejar un depósito de ciento cincuenta pesos.

您必須付押金一百五十披索。

Disculpe, ¿la tarifa de mi habitación incluye el desayuno?

請問我的房間價格包含早餐嗎？

Su reserva no incluye el desayuno.

您的訂單不包含早餐。

El desayuno cuesta quince euros.

早餐的費用是十五歐元。

¿A qué hora empiezan a servir el desayuno?

幾點開始提供早餐？

導遊教你這樣說

El desayuno se sirve de seis a diez de la mañana.

早餐從早上六點供應到十點。

¿Dónde se sirve el desayuno?

在哪裡供應早餐？

El restaurante está en el segundo piso.

餐廳在二樓。

Su habitación es la número trescientos cinco.

您的房間號碼是三〇五。

Firme aquí, por favor.

請在這裡簽名。

Aquí tiene la llave.

鑰匙在這裡。

¡Feliz estancia!

祝您過得愉快！

03 更換房間
Cambio de habitación

MP3-66

導遊教你這樣說

¿En qué puedo ayudarle?

我可以幫上什麼忙嗎？

Deseo cambiar de habitación.

我想要更換房間。

Esta habitación es muy ruidosa.

這個房間很吵。

Esta habitación está sucia.

這個房間很髒。

Esta habitación es muy oscura.

這個房間很暗。

Esta habitación es muy pequeña.

這個房間很小。

你也可以這樣說

Deseo una habitación en el décimo piso.

我想要一個在十樓的房間。

Deseo una habitación tranquila.

我想要一個安靜的房間。

Deseo que ambas habitaciones estén en el mismo piso.

我想要兩個房間都在同一層樓。

Deseo una habitación con mucha luz.

我想要一個採光好的房間。

¿Puedo ver la habitación?

我可以看房間嗎？

La habitación estará lista en treinta minutos.

房間會在三十分鐘後準備好。

Gracias por su ayuda.

謝謝您的幫忙。

叫醒服務

Servicio de despertador

MP3-67

導遊教你這樣說

Deseo un servicio de despertador.

我想要叫醒服務。

¿Me puede despertar a las cinco y cuarto de la mañana, por favor?

可以請您在早上五點十五分叫我起床嗎？

Necesito un servicio de despertador a las seis y media de la mañana.

早上六點半我需要叫醒服務。

Necesito un morning call a las ocho menos cuarto de la mañana.

早上七點四十五分我需要叫醒服務。

Quiero una llamada de despertador a las ocho y cincuenta de la mañana.

早上八點五十分我要叫醒服務。

¿Me puede despertar a las nueve en punto de la mañana, por favor?

可以請您在早上九點整叫我起床嗎？

05 其他服務

Otros servicios

MP3-68

導遊教你這樣說

¿Puede darme una tarjeta de presentación del hotel, por favor?

可以請您給我一張飯店的名片嗎？

Disculpe, ¿cuál es la clave para el uso del wifi?

請問無線網路的密碼是什麼？

¿Es el internet inalámbrico gratuito?

請問無線網路是免費的嗎？

El internet inalámbrico es gratis en el vestíbulo.

無線網路只在飯店大廳免費提供。

El wifi cuesta quinientos pesos por día.

無線網路一天五百披索。

¿Cuánto cuesta el servicio de lavandería?

洗衣服務要多少錢？

你也可以這樣說

Trescientos pesos por kilo.

一公斤三百披索。

Me cambia las sábanas, por favor.

請您更換床單。

Me limpia la habitación, por favor.

請您整理房間。

¿Puede prestarme una plancha?

您可以借給我一個熨斗嗎？

¿Puede prestarme un purificador de aire?

您可以借給我一台空氣清淨機嗎？

¿Puede traerme otra manta?

您可以帶給我一條毯子嗎？

¿Puede traerme un edredón?

您可以帶給我一條羽絨被嗎？

導遊教你這樣說

¿Puede traerme un adaptador-transformador de electricidad?

您可以帶給我一個電壓轉接頭嗎？

¿Puede traerme otra almohada?

您可以帶給我另外一個枕頭嗎？

¿Puede darme una botella de gel de ducha?

您可以給我一瓶沐浴乳嗎？

¿Puede darme un jabón?

您可以給我一塊香皂嗎？

¿Puede darme una botella de champú?

您可以給我一瓶洗髮精嗎？

¿Puede darme un cepillo de dientes?

您可以給我一支牙刷嗎？

¿Puede darme una pasta de dientes?

您可以給我一條牙膏嗎？

飯店設施

Uso de las instalaciones

MP3-69

導遊教你這樣說

¿Tienen cajas de seguridad?

您們有保險箱嗎？

La caja de seguridad está en el armario.

保險箱在衣櫃裡。

¿Cuál es el horario del gimnasio?

健身房的開放時間是從幾點到幾點？

El horario es de ocho de la mañana a diez de la noche.

開放時間是早上八點到晚上十點。

¿Cuál es el horario de la piscina?

游泳池的開放時間是從幾點到幾點？

Está abierta las veinticuatro horas.

二十四小時開放。

你也可以這樣說

¿Dónde puedo tomar el coctel de bienvenida?
哪裡可以飲用迎賓雞尾酒？

Estos son los tiquetes para el uso de la sauna.
這是三溫暖的使用券。

Usted puede usar estos cupones de descuento en nuestras tiendas.
您可以在我們的商店使用這些折價券。

Aquí tiene unas fichas gratis para el casino.
這裡有一些賭場的免費代幣。

El uso del centro de reuniones es gratuito.
使用商務中心是免費的。

El centro de reuniones cuenta con un ordenador, una impresora, un escánear y un fax.
商務中心提供電腦、印表機、掃描機和傳真機。

El hotel cuenta con un aparcamiento gratuito.
飯店提供免費的停車服務。

住宿問題
Quejas

♫ MP3-70

導遊教你這樣說

La ducha está averiada.

蓮蓬頭壞了。

El grifo está averiado.

水龍頭壞了。

La calefacción no funciona.

暖氣設備壞了。

El aire acondicionado no funciona.

空調壞了。

La televisión no funciona.

電視壞了。

No hay agua caliente.

沒有熱水。

08 辦理退房

La salida

MP3-71

導遊教你這樣說

¿A qué hora es la salida del hotel?

退房的時間是幾點？

La hora de salida es a las doce.

退房的時間是十二點。

¿Puedo hacer la salida a las dos de la tarde?

我可以下午二點退房嗎？

Sí, por supuesto.

好的，當然可以。

La salida después de las doce tiene un costo de veinte dólares.

在十二點之後退房必須付二十美金。

Permítame preguntarle al gerente.

讓我詢問經理。

你也可以這樣說

¿Va a pagar con tarjeta de crédito o en efectivo?

你會用信用卡或現金支付？

¿Cuál es el número de su habitación?

您的房間號碼是幾號？

El número de la habitación es doscientos quince.

房間號碼是二一五。

Un momento, por favor.

請稍等一下。

Aquí tiene la factura.

這是您的帳單。

Me llama a un taxi, por favor.

請幫我叫計程車。

¿Puedo dejar las maletas aquí?

我可以把行李留在這裡嗎？

¡Buen provecho!

請慢用！

Capítulo 6

Gastronomía

餐廳用餐

01 訂位 Reserva s

02 在餐廳 En el restaurante

03 菜單 Menú

04 早餐 Desayunos

05 前菜 Entradas

06 主菜 Plato fuerte

07 飲料 Bebidas

08 甜點 Postres

09 要求服務 Peticiones

10 帳單 La cuenta

11 讚美 Cumplidos

訂位

Reservas

MP3-72

導遊教你這樣說

Deseo hacer una reserva.

我想要訂位。

¿Para cuántas personas?

要幾個人的位子？

Quiero hacer una reserva para dos personas.

我要訂二個人的位子。

¿Desea reservar para el almuerzo o la cena?

您想要預定午餐或晚餐？

Deseo hacer una reserva para las ocho y media de la noche.

我想要訂晚上八點半的位子。

¿A nombre de quién le hago la reserva?

用誰的名字訂位？

你也可以這樣說

Deseo una mesa al lado de la ventana.

我想要一張靠窗的桌子。

Deseo una mesa en la terraza.

我想要一張在室外的桌子。

Quiero una mesa en el área de no fumadores, por favor.

麻煩您，我要一張在禁菸區的桌子。

Quiero una mesa en el rincón.

我要一張在角落的桌子。

Deseo una mesa en el segundo piso.

我想要一張在二樓的桌子。

Quiero una mesa cerca del escenario.

我要一張靠近舞台的桌子。

La reserva solo se mantiene por diez minutos.

訂位只保留十分鐘。

02 在餐廳 En el restaurante

MP3-73

導遊教你這樣說

¡Bienvenidos!

歡迎光臨！

Tengo una reservación a nombre de Juan Domingo.

我用Juan Domingo這個名字預約。

Un momento, por favor.

請稍等。

Su reserva es para cuatro personas. ¿Es correcto?

您預約四個人的位子。對嗎？

Por favor, sígame.

請跟我來。

¿Hay alguna mesa libre?

有空位嗎？

你也可以這樣說

Lo siento, el restaurante está lleno.

不好意思，餐廳客滿。

Usted tiene que hacer fila.

您必須排隊。

Tome este número, por favor.

請您拿這個號碼。

¿Cuánto tiempo hay que esperar?

我必須等多久？

Aproximadamente media hora.

大約半小時。

De acuerdo.

好的。

Le llamaré cuando la mesa esté lista.

當桌子準備好我會打電話給您。

菜單

Menú

♫ MP3-74

導遊教你這樣說

¿Me trae el menú, por favor?

可以請您給我菜單嗎？

Aquí tiene.

在這裡。

¿Tiene una carta en inglés?

您有英文的菜單嗎？

¿Desean ordenar?

您們想要點餐了嗎？

Todavía no.

還沒。

¿Desea tomar algo mientras espera?

在等待的時候您想要喝點什麼嗎？

你也可以這樣說

¿Qué me recomienda?

您有推薦的餐點嗎？

Le recomiendo el plato del día.

我推薦今日特餐。

¿Cuál es la especialidad de la casa?

這家餐廳的招牌菜是什麼？

La especialidad es el cocido madrileño.

招牌菜是馬德里燉肉。

¿Hay comida vegetariana?

有素食嗎？

Disculpe, ¿de qué está hecho?

請問，這道菜是用什麼做的？

¿Qué desea comer?

您想吃什麼？

早餐
Desayunos

MP3-75

導遊教你這樣說

Deseo unas tostadas.
我想要一些吐司。

Quiero unos churros con chocolate.
我要一些吉拿棒配巧克力。

Tráigame unas porras, por favor.
請給我一些西班牙油條。

Para mí, una hamburguesa, por favor.
請給我一個漢堡。

Un cruasán / croissant con jamón.
一份可頌夾培根。

Un sándwich mixto.
一份綜合三明治。

前菜

Entradas

MP3-76

導遊教你這樣說

Deseo una ensalada.

我想要一份沙拉。

Quiero una sopa de mariscos.

我要一份海鮮湯。

Tráigame unas tapas surtidas, por favor.

請給我一些西班牙小吃拼盤。

Tomaré un gazpacho.

我要一份西班牙冷湯。

Un ceviche, por favor.

請給我一份海鮮佐檸檬醬。

Un plato de jamón ibérico, por favor.

請給我一盤伊比利亞火腿。

主菜
Plato fuerte

MP3-77

導遊教你這樣說

Deseo ordenar una tortilla española.
我想要點一份西班牙蛋餅。

Deseo una paella valenciana.
我想要一份瓦倫西亞燉飯。

Para mí, chuletas de cordero.
給我一份羊小排。

Quiero unas chuletas de cerdo.
我要一份豬排。

Deseo unas chuletas de ternera.
我想要一份牛小排。

Deseo una porción de pollo asado.
我想要一份烤雞。

你也可以這樣說

Un pescado frito, por favor.

請給我一份炸魚。

Un solomillo de ternera, por favor.

請給我一份沙朗牛排。

Un filete de pescado, por favor.

請給我一份魚排。

Un bistec, por favor.

請給我一份牛排。

Arroz con calamares, por favor.

請給我魷魚燉飯。

Una merluza a la romana, por favor.

請給我一份炸鱈魚。

Gambas a la plancha, por favor.

請給我煎蝦仁。

飲料
Bebidas

♫ MP3-78

導遊教你這樣說

¿Qué desea tomar?
您想要喝什麼？

¿Qué van a beber?
您們想要喝什麼？

Tráigame un zumo de manzana.
給我一杯蘋果汁。

Tráigame un zumo de naranja.
給我一杯柳橙汁。

Tráigame una cerveza.
給我一瓶啤酒。

¿Desean ordenar algún vino?
您們想點任何紅酒嗎？

你也可以這樣說

Deseo una botella de vino tinto.

我想要一瓶紅酒。

Deseo una botella de vino blanco.

我想要一瓶白酒。

Quiero un vaso de sangría.

我要一杯水果紅酒。

Quiero un vaso de tequila.

我要一杯龍舌蘭酒。

¿Me trae un poco más de agua?

可以給我多一點水嗎？

¿Me trae un poco más de hielo?

可以給我多一些冰塊嗎？

Sin hielo, por favor.

請不要加冰塊。

甜點
Postres

MP3-79

導遊教你這樣說

¿Desean tomar algún postre?

您們想要吃任何甜點嗎？

¿Qué van a tomar de postre?

您們想要吃什麼甜點呢？

¿Qué tienen de postre?

您們有什麼甜點？

Un helado, por favor.

請給我一份冰淇淋。

Un café, por favor.

請給我一杯咖啡。

Un pastel de chocolate, por favor.

請給我一塊巧克力蛋糕。

要求服務

Peticiones

MP3-80

導遊教你這樣說

¿Me trae unas servilletas, por favor?

可以請您給我一些紙巾嗎？

¿Me trae una cuchara, por favor?

可以請您給我一隻湯匙嗎？

¿Me trae un cuchillo, por favor?

可以請您給我一把刀子嗎？

¿Me trae un tenedor, por favor?

可以請您給我一隻叉子嗎？

¿Me trae un plato, por favor?

可以請您給我一個盤子嗎？

¿Me trae un vaso, por favor?

可以請您給我一個杯子嗎？

你也可以這樣說

¿Me trae una copa, por favor?
可以請您給我一個酒杯嗎？

¿Me trae un poco más de pan, por favor?
可以請您給我多一點麵包嗎？

¿Me trae la salsa de tomate, por favor?
可以請您給我番茄醬嗎？

¿Me trae un poco de limón, por favor?
可以請您給我一點檸檬嗎？

¿Me trae un par de palillos chinos, por favor?
可以請您給我一雙筷子嗎？

¿Me trae un juego de cubiertos, por favor?
可以請您給我一套餐具嗎？

¿Me trae la mayonesa, por favor?
可以請您給我美乃滋嗎？

帳單

La cuenta

♫ MP3-81

導遊教你這樣說

La cuenta, por favor.

請給我帳單。

¿Me trae la cuenta, por favor?

可以請您給我帳單嗎？

Enseguida.

馬上來。

Aquí tiene.

在這裡。

Creo que hay un error en la cuenta.

我認為帳單有錯誤。

¿Qué es esto?

這個是什麼？

你也可以這樣說

Es la propina.

這是小費。

Es el impuesto.

這是稅。

¿Puedo pagar con tarjeta de crédito?

我可以用信用卡付錢嗎？

Lo siento, solo en efectivo.

不好意思，只收現金。

Sí, claro.

是的，當然可以。

El precio está incorrecto.

金額不正確。

Yo no ordené esto.

我沒有點這個。

讚美
Cumplidos

MP3-82

導遊教你這樣說

¡Está sabroso!
很好吃！

¡Está delicioso!
很好吃！

¡Está exquisito!
很好吃！

¡Está riquísimo!
很好吃！

¡Es un manjar!
真美味！

¡Buen provecho!
請慢用！

¿Cuánto cuesta la
excursión?
旅遊行程的價格
是多少錢？

Capítulo 7

Lugares turísticos
觀光遊覽

01 旅遊行程 Excursiones

02 教堂 Iglesias

03 博物館 Museos

04 海灘 Playas

05 金字塔 Pirámides

06 劇場 Teatros

07 溫泉 Aguas termales

08 拍照 Fotografías

旅遊行程

Excursiones

♫ MP3-83

導遊教你這樣說

¿Tiene alguna excursión a Cancún?

您有任何去坎昆的旅遊行程嗎？

¿Qué lugares visita?

會參觀什麼地方？

Tenemos excursiones de un día completo.

我們有一整天的旅遊行程。

¿Hay descuento para tres personas?

三個人有折扣嗎？

Nuestra empresa tiene excursiones de medio día.

我們公司有半天的旅遊行程。

Este es un folleto con el itinerario.

這是行程手冊。

你也可以這樣說

¿A qué hora sale la excursión?

旅遊行程幾點出發？

Sale a las siete de la mañana.

早上七點出發。

¿De dónde sale la excursión?

旅遊行程從哪裡出發？

Sale del parque central.

從中央公園出發。

¿Qué incluye?

包含什麼？

La excursión incluye la comida y el transporte.

旅遊行程包含食物和交通。

¿Cuánto cuesta la excursión?

旅遊行程的價格是多少錢？

教堂

Iglesias

MP3-84

導遊教你這樣說

Esta ciudad tiene muchas iglesias.

這個城市有許多教堂。

¿Cómo se llama esta iglesia?

這個教堂叫什麼名字？

¿Cómo se llama el patrono de la ciudad?

這個城市的主保聖人叫什麼名字？

Lo siento, no se permite el ingreso con pantalones cortos.

不好意思，禁止穿短褲進入。

La catedral está cerrada hoy.

大教堂今天關門。

Entre por la puerta lateral, por favor.

請您從側門進入。

你也可以這樣說

La boletería está allá.

售票處在那邊。

La entrada a la torre cuesta cinco euros.

上去塔的門票是五歐元。

La entrada a la cripta vale dos euros.

到地下墓室的門票是二歐元。

La entrada para grupos de diez personas cuesta diez euros por persona.

十個人的團體門票是一人十歐元。

El museo de la catedral está en el primer piso.

大教堂的博物館在一樓。

La visita guiada es cada hora.

每個小時有一次參觀導覽。

La visita con guía dura cincuenta minutos.

跟著導遊參觀會花費五十分鐘。

博物館

Museos

MP3-85

導遊教你這樣說

¿A qué hora abre el museo?

博物館幾點開門？

¿Cuál es el horario del museo?

博物館的營運時間是從幾點到幾點？

El horario es de nueve a cinco.

營運時間是九點到五點。

¿Cuánto cuesta la entrada?

門票多少錢？

La entrada general cuesta quince euros.

普通票十五歐元。

¿Cuánto cuesta el billete para estudiantes?

學生票多少錢？

你也可以這樣說

Su credencial de estudiante, por favor.

請出示您的學生證。

Hoy la entrada es gratuita.

今天免費入場。

¿Tienen audioguías en chino?

有中文的語音導覽嗎？

¿Cuánto cuesta el uso de las audioguías?

語音導覽的費用是多少？

¿Hay alguna exposición especial hoy?

今天有特展嗎？

Por favor, deje su mochila en consignas.

請把您的背包留在寄物處。

¿Dónde se puede comprar recuerdos de la exposición?

在哪裡可以買到展覽的紀念品？

海灘

Playas

MP3-86

導遊教你這樣說

¿Hay alguna playa cerca de aquí?

這裡附近有任何海灘嗎？

¿Qué medios de transporte puedo tomar para ir a la playa?

我可以搭什麼交通工具去海灘？

¿Cuánto cuesta el billete?

門票是多少錢？

La entrada es gratis.

免費入場。

Disculpe, ¿dónde están los servicios?

請問，廁所在哪裡？

¿Hay duchas públicas?

有公共淋浴間嗎？

你也可以這樣說

¡Vamos a ver el atardecer!

我們一起去看夕陽吧！

¡Vamos a tomar el sol!

我們一起去享受日光浴吧！

¡Vamos a jugar al voleibol!

我們一起去打排球吧！

¡Vamos a nadar!

我們一起去游泳吧！

¡Vamos a hacer un castillo de arena!

我們一起做一座沙堡吧！

¿Tienes crema de protección solar?

你有防曬乳嗎？

¡Alquilemos una sombrilla de playa!

我們來租一個遮陽傘吧！

金字塔

Pirámides

MP3-87

導遊教你這樣說

¿Cómo se llama esta pirámide?

這個金字塔叫什麼名字？

¿Cuánto mide esta pirámide?

這個金字塔有多大？

Esta es la pirámide más alta.

這是最高的金字塔。

Tenga cuidado al subir.

爬上去的時候您要小心。

Haga fila allá, por favor.

請您在那裡排隊。

¿Cuántas pirámides hay en este parque nacional?

這個國家公園有多少個金字塔？

你也可以這樣說

¿Cuántos escalones tiene esta pirámide?

這個金字塔有多少個階梯？

¿Cuándo se construyó esta pirámide?

這個金字塔是什麼時候建造的？

Esta pirámide es Patrimonio de la Humanidad por la UNESCO.

這個金字塔列入聯合國教科文組織世界文化遺產。

¡Qué calor!

好熱啊！

No olvides llevar una botella de agua.

不要忘記帶一瓶水。

No olvides llevar tu sombrero y tus gafas de sol.

不要忘記帶你的帽子和太陽眼鏡。

Este billete es válido solo para una visita.

這張門票只能單次入場。

劇場

Teatros

MP3-88

導遊教你這樣說

Un billete para la obra de teatro, por favor.

請給我一張戲劇表演的門票。

Un billete para el musical, por favor.

請給我一張歌舞劇的門票。

¿Me puede dar un programa del espectáculo?

可以請您給我一份表演節目單嗎？

¿A qué hora empieza el espectáculo?

表演什麼時間開始？

¿A qué hora termina el espectáculo?

表演什麼時間結束？

¿Cuánto dura el espectáculo?

表演的時間有多久？

你也可以這樣說

He comprado los tiquetes por internet.

我在網路上有訂票。

Deseo una butaca en luneta.

我想要一個樂池區的座位。

Quiero una butaca en platea.

我要一個樓板區的座位。

Deseo una butaca en palco.

我想要一個包廂的座位。

Deseo una butaca cerca del escenario.

我想要靠近舞台的座位。

¿Cuándo es la próxima visita guiada?

下一場導覽是什麼時間？

La próxima visita guiada es en cinco minutos.

下一場導覽將在五分鐘後開始。

溫泉
Aguas termales

MP3-89

導遊教你這樣說

¿Dónde están los vestuarios?
更衣室在哪裡？

Hay que portar traje de baño y gorro.
必須穿泳衣和泳帽。

La temperatura de las aguas termales es de treinta y cinco grados.
溫泉水是三十五度。

Voy a la poza individual.
我去個人池。

¡Vamos a la piscina de agua termal!
我們一起去熱水池吧！

Hay que ducharse antes de entrar a la piscina.
進入泳池前必須先沖澡。

你也可以這樣說

Solo voy a meter mis pies.

我只會泡腳。

Está muy caliente.

這非常燙。

Voy a la sauna.

我去烤箱。

¡Vamos al tobogán de agua!

我們去滑水道吧！

Quiero ir al jacuzzi.

我要去按摩池。

Voy al cuarto de vapor.

我去蒸氣室。

Voy a bañarme en lodo termal.

我去洗泥漿浴。

拍照

Fotografías

MP3-90

導遊教你這樣說

¿Me puede tomar una foto, por favor?

可以請您幫我拍照嗎？

¿Podría hacerme una foto, por favor?

可以請您幫我拍照嗎？

¿Me puede sacar una foto, por favor?

可以請您幫我拍照嗎？

¿Puedo tomarme una foto con usted?

我可以跟您拍照嗎？

Solo presione este botón.

只要按下這個按鈕。

Sonría, por favor.

請微笑。

你也可以這樣說

Está prohibido tomar fotos en esta zona.
這個區域禁止拍照。

No se pueden hacer fotos aquí.
這裡禁止拍照。

No se pueden sacar fotos en esta área.
這個地區禁止拍照。

Por favor, guarde su cámara.
請把您的相機收起來。

Fotos sin flash, por favor.
請不要使用閃光燈。

Solo se permiten fotos en el vestíbulo.
只允許在大廳拍照。

Solo se puede tomar fotos en la entrada.
只能在門口拍照。

¿Cuánto vale?

多少錢？

Capítulo 8

De compras
逛街購物

01 營業時間 Horarios públicos

02 顧客服務 Atención al público

03 試穿衣服 Probándose la ropa

04 殺價 Regateando un precio

05 付款 Pago

06 申請退稅
Solicitud de devolución de impuestos

營業時間

Horarios públicos

MP3-91

導遊教你這樣說

¿A qué hora abre la tienda?

商店幾點開門營業？

A las nueve de la mañana.

上午九點。

A las cuatro de la tarde.

下午四點。

¿Cuál es el horario de la tienda?

這家店的營業時間是從幾點到幾點？

De ocho a cuatro.

從八點到四點。

¿Dónde está el área comercial más importante?

最重要的商業區在哪裡？

你也可以這樣說

¿Hay algún centro comercial cerca?

附近有任何商業中心嗎？

¿Hay alguna tienda de departamentos cerca?

附近有任何百貨公司嗎？

¿Hay alguna tienda de recuerdos cerca?

附近有任何紀念品店嗎？

¿Hay algún banco cerca?

附近有任何銀行嗎？

¿Hay alguna librería cerca?

附近有任何書店嗎？

¿Podría marcármelo en este mapa?

您可以幫我在地圖上做記號嗎？

¿Puede escribirme la dirección aquí, por favor?

可以請您把地址寫在這裡嗎？

02 顧客服務
Atención al público

MP3-92

導遊教你這樣說

Bienvenida.

歡迎光臨。（顧客是女性）

Bienvenido.

歡迎光臨。（顧客是男性）

Pase adelante.

請進。

¿En qué puedo ayudarle?

我可以幫上什麼忙嗎？

¿En qué puedo servirle?

有什麼需要服務的嗎？

Gracias. Estoy viendo.

謝謝。我正在看。

你也可以這樣說

Estoy mirando.

我正在看。

Sí. ¿Tienen bufandas?

好的。您們有圍巾嗎？

Sígame, por favor.

請跟我來。

Tenemos estos estilos.

我們有這些款式。

Deseo una camisa.

我想要一件襯衫。

¿Qué talla desea?

您要什麼尺寸？

Deseo una pequeña.

我想要一件小號的。

導遊教你這樣說

Deseo una mediana.

我想要一件中號的。

Deseo una grande.

我想要一件大號的。

¿Qué color prefiere?

您比較喜歡什麼顏色？

Deseo una camisa azul.

我想要一件藍色的襯衫。

¿Puedo ver ese producto?

我可以看那個產品嗎？

Deseo ver otros modelos.

我想看其他款式。

Voy a pensarlo. Gracias.

我會考慮。謝謝。

試穿衣服

Probándose la ropa

MP3-93

導遊教你這樣說

¿Puedo probarme este producto?

我可以試穿這個產品嗎？

Sí, claro. Por aquí, por favor.

是的，當然可以。請往這邊。

Los probadores están en aquel rincón.

試衣間在那個角落。

Lo siento. Este producto no se puede probar.

不好意思。這個產品不能試穿。

Disculpe, ¿dónde están los probadores?

請問，試衣間在哪裡？

¿Cómo le queda?

您穿起來如何？

你也可以這樣說

Me queda un poco estrecha.

穿起來有點窄。

Me queda un poco ancha.

穿起來有點寬。

¿Tiene una talla más grande?

您有更大號的嗎？

¿Tiene una talla más pequeña?

您有更小號的嗎？

¿Qué le parece este modelo?

您覺得這個款式如何？

Me gusta.

我喜歡。

Me encanta.

我非常喜歡。

殺價

Regateando un precio

MP3-94

導遊教你這樣說

¿Cuánto cuesta?

多少錢？

¿Cuánto vale?

多少錢？

¿Puede hacerme un descuento?

可以給我折扣嗎？

¿Podría darme un descuento?

可以給我折扣嗎？

Lo siento. Este es el mejor precio.

不好意思。這是最好的價格了。

Le ofrezco un diez por ciento de descuento.

我可以提供給您九折的折扣。

你也可以這樣說

Si compra diez artículos, le doy un cinco por ciento de descuento.

如果您買十個產品，我可以給您九五折的折扣。

Permítame preguntarle a mi jefe.

讓我問一下我的老闆。

¿Cuáles productos están en promoción?

哪些產品有促銷活動？

¿Cuáles artículos tienen descuento?

哪些產品有折扣？

¿Cuánto es el descuento?

折扣是多少？

Dos por uno.

買一送一。

¿Dónde está el cajero automático?

提款機在哪裡？

付款

Pago

♫ MP3-95

導遊教你這樣說

¿Se puede pagar con tarjeta de crédito?

可以用信用卡付款嗎？

Lo siento, solo en efectivo.

不好意思，只收現金。

¿Puedo usar este cupón?

我可以使用禮券嗎？

¿Puedo pagar con cheque viajero?

我可以用旅行支票付款嗎？

¿Cobran comisión por pagar con cheque viajero?

如果用旅行支票付款，您們會收取手續費嗎？

¿Me puede dar una factura?

可以請您開發票給我嗎？

06 申請退稅

Solicitud de devolución de impuestos

MP3-96

導遊教你這樣說

¿Tiene un formulario de devolución de impuestos en inglés?

您有英文的退稅申請表嗎？

¿Podría ayudarme a llenar este formulario de devolución de impuestos?

您可以幫我填這張退稅申請表嗎？

¿Cuánto es el monto de la devolución de impuestos?

退稅的金額是多少？

¿Cuánto es el monto mínimo para solicitar la devolución de impuestos?

滿多少錢才能退稅？

Usted tiene que comprar por lo menos ciento cincuenta euros.

您必須買至少一百五十歐元。

Firme aquí, por favor.

請您在這裡簽名。

Capítulo 9

Situaciones de emergencia
緊急狀況

01 詢問方向 Preguntando la dirección

02 在警察局 En la policía

03 在醫院 En el hospital

04 在遺失物中心
En la oficina de objetos perdidos

詢問方向

Preguntando la dirección

MP3-97

導遊教你這樣說

¿Cómo se llama esta estación?

這個站叫什麼？

¿Puedo ayudarte?

我可以幫你嗎？

¿A dónde vas?

你要去哪裡？

¿Dónde están los servicios?

廁所在哪裡？

¿Dónde están los baños?

廁所在哪裡？

¿Dónde están los aseos?

廁所在哪裡？

你也可以這樣說

¿Donde está la entrada?

入口處在哪裡？

¿Dónde está la salida?

出口在哪裡？

¿Donde está el ascensor?

電梯在哪裡？

¿Dónde está la estación de metro?

捷運站在哪裡？

Siga recto.

直走。

Gire a la derecha.

右轉。

Gire a la izquierda.

左轉。

在警察局

En la policía

MP3-98

導遊教你這樣說

¿Podría ayudarme, por favor?

可以請您幫我嗎？

Estoy perdido.

我迷路了。

Deseo reportar un robo.

我要報一起搶劫案。

Deseo denunciar un robo.

我要報一起搶劫案。

Por favor, complete este formulario.

請您填寫這張表格。

¿Me puede dar un comprobante de la denuncia?

您可以給我一張報案證明嗎？

在醫院

En el hospital

MP3-99

導遊教你這樣說

No me siento bien.

我覺得不舒服。

¿Cuáles son los síntomas?

你有什麼症狀？

Tengo dolor de garganta.

我喉嚨痛。

Tengo tos.

我咳嗽。

Tengo fiebre.

我發燒。

Me duele la cabeza.

我頭痛。

你也可以這樣說

Me duele todo el cuerpo.

我全身痛。

Me duele la espalda.

我背痛。

Me duele el estómago.

我胃痛。

Estoy enfermo.

我生病了。

Tengo alergia.

我過敏。

He perdido el apetito.

我沒有胃口。

Voy a tomarle la temperatura.

我要幫您量體溫。

在遺失物中心
En la oficina de objetos perdidos

MP3-100

導遊教你這樣說

¿Ha devuelto alguien un reloj?
有人撿到一隻手錶嗎？

¿Ha devuelto alguien un paraguas?
有人撿到一把雨傘嗎？

¿Ha devuelto alguien unas gafas?
有人撿到一付眼鏡嗎？

¿Ha devuelto alguien unas llaves?
有人撿到一串鑰匙嗎？

¿Ha devuelto alguien una cámara fotográfica?
有人撿到一台照相機嗎？

¿Ha devuelto alguien un teléfono móvil?
有人撿到一隻手機嗎？

你也可以這樣說

Permítame un momento para preguntar.

請稍等一下我問問看。

¡Qué mala suerte!

運氣真差！

¿Podría avisarme si alguien lo encuentra?

如果有人找到可以通知我嗎？

Escriba su nombre, su número de teléfono y la dirección de su hotel, por favor.

請留下您的姓名、電話號碼和飯店地址。

Le avisaré si tenemos noticias.

如果有消息我會通知您。

Muchas gracias.

非常謝謝。

Se lo agradezco.

我向您道謝。

¡Buen viaje!

一路順風！

3.° Parte

西班牙語導遊為你準備的旅遊指南

Tercera parte:
Guía de viajes por los países hispanohablantes

01 西班牙
España

02 墨西哥
México

03 瓜地馬拉
Guatemala

04 宏都拉斯
Honduras

05 薩爾瓦多
El Salvador

06 尼加拉瓜
Nicaragua

07 哥斯大黎加
Costa Rica

08 巴拿馬
Panamá

09 古巴
Cuba

10 多明尼加
República Dominicana

11 哥倫比亞
Colombia

12 委內瑞拉
Venezuela

13 祕魯
Perú

14 厄瓜多
Ecuador

15 玻利維亞
Bolivia

16 智利
Chile

17 阿根廷
Argentina

18 巴拉圭
Paraguay

19 烏拉圭
Uruguay

旅行用品清單

Lista de verificación

- ☐ pasaporte 護照
- ☐ visado / visa 簽證
- ☐ foto tamaño pasaporte 證件照
- ☐ fotocopia del pasaporte 護照影本
- ☐ fotocopia de la visa 簽證影本
- ☐ billete de avión 機票
- ☐ Euro 歐元
- ☐ Dólar estadounidense 美金
- ☐ Nuevo Dólar Taiwanés 新台幣
- ☐ cheque viajero 旅行支票
- ☐ tarjeta de crédito 信用卡
- ☐ información turística 旅遊資訊
- ☐ tónico 化妝水

旅行用品清單

Lista de verificación

- ☐ crema de día 日霜
- ☐ crema de noche 晚霜
- ☐ crema de protección solar 防曬乳
- ☐ limpiador facial 洗面乳
- ☐ gel de ducha 沐浴乳
- ☐ champú 洗髮精
- ☐ repelente para mosquitos 防蚊液
- ☐ maquinilla de afeitar 刮鬍刀
- ☐ cepillo de dientes 牙刷
- ☐ pasta de dientes 牙膏
- ☐ papel higiénico 衛生紙
- ☐ peine 梳子
- ☐ compresa higiénica 衛生棉

旅行用品清單

Lista de verificación

- ☐ medicina 藥
- ☐ reloj 手錶
- ☐ móvil 手機
- ☐ cámara digital 數位相機
- ☐ batería 電池
- ☐ tarjeta de memoria 記憶卡
- ☐ cargador 充電器
- ☐ adaptador-transformador de electricidad 電壓轉接頭
- ☐ paraguas 雨傘
- ☐ mochila 背包
- ☐ camiseta T恤
- ☐ camisa 襯衫

旅行用品清單

Lista de verificación

- ☐ pantalones 褲子
- ☐ pantalones cortos 短褲
- ☐ chaqueta 夾克
- ☐ medias / calcetines 襪子
- ☐ braga 女性內褲
- ☐ calzoncillo 男性三角內褲
- ☐ sujetador 胸罩
- ☐ bañador 泳衣
- ☐ sandalias 涼鞋
- ☐ zapatillas 球鞋
- ☐ gorra 鴨舌帽
- ☐ gafas de sol 太陽眼鏡

01 西班牙

España

① 全名：西班牙王國（Reino de España）

② 首都：馬德里（Madrid）

③ 貨幣：歐元（Euro，貨幣編號：EUR）

旅遊亮點

- 馬德里（Madrid） ★ 作者推薦
- 塞哥維亞（Segovia）
- 阿維拉（Ávila）
- 托雷多（Toledo）
- 格拉那達（Granada） ★ 作者推薦
- 塞維亞（Sevilla） ★ 作者推薦
- 巴塞隆納（Barcelona） ★ 作者推薦
- 瓦倫西亞（Valencia）
- 巴利亞利群島（Islas Baleares）
- 加納利群島（Islas Canarias）
- 朝聖之路（Camino de Santiago）

02 墨西哥
México

① 全名：墨西哥合眾國
（Estados Unidos Mexicanos）

② 首都：墨西哥市（Ciudad de México）

③ 貨幣：披索（Peso，貨幣編號：MXN）

旅遊亮點

- 墨西哥市（Ciudad de México） ★作者推薦
- 提奧狄華岡（Teotihuacán） ★作者推薦
- 瓜納華托（Guanajuato） ★作者推薦
- 薩卡特卡斯（Zacatecas） ★作者推薦
- 聖米格爾德阿連德（San Miguel de Allende）
- 莫雷利亞（Morelia）
- 普埃布拉（Puebla）
- 瓦哈卡（Oaxaca）
- 坎昆（Cancún）
- 帕倫克（Palenque）
- 奇琴伊查（Chichen Itzá） ★作者推薦
- 烏斯馬爾（Uxmal） ★作者推薦

03 瓜地馬拉

Guatemala

① 全名：瓜地馬拉共和國
（República de Guatemala）

② 首都：瓜地馬拉市（Ciudad de Guatemala）

③ 貨幣：格查爾（Quetzal，貨幣編號：GTQ）

旅遊亮點

- 安提瓜（Antigua） ★作者推薦
- 蒂卡爾（Tikal） ★作者推薦
- 基里瓜（Quiriguá）
- 阿蒂特蘭湖（Lago de Atitlán） ★作者推薦
- 奇奇卡斯德南哥（Chichicastenango）
- 聖菲立普城堡（Castillo San Felipe）
- 基里瓜國家公園（Parque Nacional Quiriguá）
- Lankin洞穴（Las Cuevas de Lankin）

04 宏都拉斯
Honduras

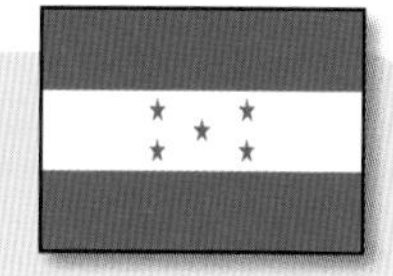

① 全名：宏都拉斯共和國
（República de Honduras）

② 首都：特古西加爾巴（Tegucigalpa）

③ 貨幣：倫皮拉（Lempira，貨幣編號：HNL）

旅遊亮點

- 柯邦（Ruinas de Copán） ★ 作者推薦
- 海灣群島（Islas de la Bahía） ★ 作者推薦
- 普拉塔諾河生物保護區
（Reserva de la Biosfera de Río Plátano）
- 聖費爾南多奧莫阿堡壘
（La Fortaleza de San Fernando de Omoa）
- 塔爾瓜洞穴（Cuevas de Talgua）
- 特拉（Telá）

05 薩爾瓦多

El Salvador

① 全名：薩爾瓦多共和國
（República de El Salvador）

② 首都：聖薩爾瓦多（San Salvador）

③ 貨幣：美金（Dólar estadounidense，
貨幣編號：USD）

旅遊亮點

- 聖薩爾瓦多（San Salvador） ★ 作者推薦
- 聖安娜（Santa Ana）
- 拉巴爾馬（La Palma）
- 伊薩克火山（Izalco）
- 聖塔安娜火山（Santa Ana）
- 聖文森火山（San Vicente）
- 哥雅得貝格火山湖（Coatepeque）
- 霍亞德塞倫考古遺址（Joya de Cerén）
- 聖安德烈斯考古遺址（San Andrés）
- 塔蘇馬金字塔（Tazumal） ★ 作者推薦
- 拉利伯塔德港（Puerto La Libertad）
- 蘇奇托托城（Ciudad Suchitoto）
- 花卉之路（La Ruta de las Flores） ★ 作者推薦

06 尼加拉瓜
Nicaragua

① 全名：尼加拉瓜共和國
（República de Nicaragua）

② 首都：馬納瓜（Managua）

③ 貨幣：科多巴（Córdoba，貨幣編號：NIO）

旅遊亮點

- 格蘭納達（Granada） ★ 作者推薦
- 里昂（León） ★ 作者推薦
- 馬沙亞（Masaya） ★ 作者推薦
- 馬沙亞火山國家公園
（Parque Nacional Volcán Masaya）
- 科西沃爾加湖（Cocibolca） ★ 作者推薦
- 玉米島（Isla del Maíz）
- 南聖胡安（San Juan del Sur）

07 哥斯大黎加

Costa Rica

① 全名：哥斯大黎加共和國
（República de Costa Rica）

② 首都：聖荷西（San José）

③ 貨幣：科朗（Colón，貨幣編號：CRC）

旅遊亮點

- 聖蘿莎國家公園（Parque Nacional Santa Rosa）
- 波阿斯火山（Volcán Poás） ★ 作者推薦
- 阿雷納火山（Volcán Arenal）
- 空查爾海灘（Playa Conchal）
- 莫薩海灘（Playa Hermosa）
- 托爾圖格羅國家公園 ★ 作者推薦
（Parque Nacional Tortuguero）
- 天使聖殿（Basílica de Los Ángeles） ★ 作者推薦
- 蒙特蘇馬（Montezuma）
- La Fortuna溫泉（Termas La Fortuna）★ 作者推薦
- 科爾科瓦杜國家公園
（Parque Nacional Corcovado）
- Nuboso de Monteverde森林保護區 ★ 作者推薦
（Reserva del Bosque Nuboso de Monteverde）

08 巴拿馬

Panamá

① 全名：巴拿馬共和國（República de Panamá）

② 首都：巴拿馬市（Ciudad de Panamá）

③ 貨幣：美金（Dólar estadounidense，貨幣編號：USD）、巴波亞（Balboa，貨幣編號：PAB）

旅遊亮點

- 巴拿馬運河（Canal de Panamá） ★ 作者推薦
- 聖布拉群島 ★ 作者推薦（Archipiélago de San Blas）
- 巴拿馬老城區（Casco Antiguo） ★ 作者推薦
- 波托韋洛灣（Bahía de Portobelo）
- 博卡斯德爾托羅（Bocas del Toro）
- 博克特（Boquete）
- 阿馬多提道（Calzada de Amador） ★ 作者推薦

09 古巴
Cuba

① 全名：古巴共和國（República de Cuba）

② 首都：哈瓦那（La Habana）

③ 貨幣：披索（Peso，貨幣編號：CUP）、可兌換披索（Peso Convertible，貨幣編號：CUC）

旅遊亮點

- 哈瓦那（La Habana） ★作者推薦
- 巴拉德羅（Varadero） ★作者推薦
- 聖彼得羅卡城堡（Castillo de San Pedro de la Roca）
- 千里達（Trinidad） ★作者推薦
- 西恩富戈斯（Cienfuegos）
- 聖瑪利亞和Los Ensenachos島（Cayo Santa María y Los Ensenachos）
- Guardalavaca海灘（Playa Guardalavaca）
- 比尼亞萊斯山谷 ★作者推薦（Valle de Viñales en Sierra de los Organos）

10 多明尼加

República Dominicana

① 全名：多明尼加共和國
（República Dominicana ）

② 首都：聖多明哥（Santo Domingo）

③ 貨幣：披索（Peso，貨幣編號：DOP）

旅遊亮點

- 聖多明哥殖民城區　★ 作者推薦
（Zona Colonial de Santo Domingo）
- 百加得島（Isla Bacardi）
- Uvero Alto
- 杜阿爾特鋒（Pico Duarte）
- 奇觀洞穴（Las cuevas de las maravillas）
- 拉斯特雷納斯（Las Terrenas）
- 阿吉拉斯海灣（Bahía de las Águilas）★ 作者推薦

11 哥倫比亞
Colombia

① 全名：哥倫比亞共和國
（República de Colombia）

② 首都：波哥大（Bogotá）

③ 貨幣：披索（Peso，貨幣編號：COP）

旅遊亮點

- 波哥大（Bogotá） ★作者推薦
- 錫帕基拉（Zipaquira）
- 聖奧古斯丁（San Augustín）
- 佩爾迪達城（Ciudad Perdida）
- 聖瑪爾塔（Santa Marta）
- 卡塔赫納（Cartagena） ★作者推薦
- 聖菲德安蒂奧基亞 ★作者推薦
（Santa Fé de Antioquía）
- 鐵拉德特考古公園
（Parque Arqueológico Nacional de Tierradentro）
- 聖安德烈斯群島 ★作者推薦
（Archipiélago de San Andrés）
- 高格納島（Isla Gorgona）

12 委內瑞拉

Venezuela

① 全名：委內瑞拉玻利瓦共和國
（República Bolivariana de Venezuela）

② 首都：卡拉卡斯（Caracas）

③ 貨幣：波利瓦爾（Bolívar，貨幣編號：VEF）

旅遊亮點

- 卡拉卡斯（Caracas）
- 梅里達（Mérida）
- 玻利瓦爾城（Ciudad Bolívar）
- 天使瀑布（Salto Ángel） ★ 作者推薦
- 埃爾阿維拉國家公園（Parque Nacional El Ávila）
- 莫羅科伊國家公園（Parque Nacional Morrocoy）
- 莫奇馬國家公園（Parque Nacional Mochima）
- 羅克斯群島國家公園 ★ 作者推薦
（Parque Nacional Archipiélago de Los Roques）

13 祕魯
Perú

① 全名：祕魯共和國（República del Perú）

② 首都：利馬（Lima）

③ 貨幣：新索爾（Nuevo Sol，貨幣編號：PEN）

旅遊亮點

- 利馬（Lima）
- 昌昌（Chan Chan）
- 納斯卡線（Las Líneas de Nazca） ★ 作者推薦
- 馬丘比丘（Machu Picchu） ★ 作者推薦
- 的的喀喀湖（Lago Titicaca） ★ 作者推薦
- 庫斯科（Cuzco） ★ 作者推薦
- 阿雷基帕（Arequipa）

14 厄瓜多

Ecuador

① 全名：厄瓜多共和國
（República del Ecuador）

② 首都：基多（Quito）

③ 貨幣：美金（Dólar estadounidense，
貨幣編號：USD）

旅遊亮點

- 基多（Quito）
- 世界中線（Ciudad Mitad del Mundo） ★作者推薦
- 加拉巴哥群島（Isla Galápagos） ★作者推薦
- 昆卡（Cuenca）
- 巴尼奧斯（Baños de Agua Santa）
- Nariz del Diablo火車 ★作者推薦
（Tren de la Nariz del Diablo）
- 基洛托阿火山（Volcán y Laguna Quilotoa）
- 欽博拉索火山（Volcán Chimborazo）
- 欽博拉索野生動物保護區
（La Reserva de Producción de Fauna Chimborazo）

15 玻利維亞

Bolivia

① 全名：多民族玻利維亞國
（Estado Plurinacional de Bolivia）

② 首都：蘇克雷（Sucre）

③ 貨幣：玻利維亞諾（Boliviano，
貨幣編號：BOBP）

旅遊亮點

- 拉巴斯（La Paz） ★作者推薦
- 的的喀喀湖（Lago Titicaca）
- 烏尤尼鹽湖（Salar de Uyuni） ★作者推薦
- 蘇克雷（Sucre）
- 蒂亞瓦納科（Tiahuanaco）
- 波托西城（Ciudad de Potosí） ★作者推薦
- Fauna Andina Eduardo Avaroa國家保護區（Reserva Nacional de Fauna Andina Eduardo Avaroa）

16 智利
Chile

① 全名：智利共和國
（República de Chile）

② 首都：聖地牙哥（Santiago）

③ 貨幣：披索（Peso，貨幣編號：CLP）

旅遊亮點

- 聖地牙哥（Santiago）
- 瓦爾帕萊索（Valparaíso） ★ 作者推薦
- 百內國家公園 ★ 作者推薦
（Parque Nacional Torres del Paine）
- 復活節島 ★ 作者推薦
（Isla de Pascua / Rapa Nui）
- 聖佩德羅德阿塔卡馬（San Pedro de Atacama）
- 伊基克（Iquique）
- 奇洛埃（Chiloé）

17 阿根廷

Argentina

① 全名：阿根廷共和國（República Argentina）

② 首都：布宜諾斯艾利斯（Buenos Aires）

③ 貨幣：披索（Peso，貨幣編號：ARS）

旅遊亮點

- 布宜諾斯艾利斯（Buenos Aires） ★作者推薦
- 伊瓜蘇國家公園 ★作者推薦（Parque Nacional Iguazú）
- 巴里洛切（Bariloche）
- 埃爾查爾頓（El Chaltén）
- 冰川國家公園（Parque Nacional Los Glaciares）
- 門多薩（Mendoza）
- 卡法亞特（Cafayate） ★作者推薦
- 鹽湖（Salinas Grandes） ★作者推薦
- 雲頂火車（Tren a las nubes）
- 烏瑪瓦卡（Humahuaca） ★作者推薦
- 烏斯懷亞（Ushuaia）

18 巴拉圭

Paraguay

① 全名：巴拉圭共和國
（República del Paraguay）

② 首都：亞松森（Asunción）

③ 貨幣：瓜拉尼（Guaraní，貨幣編號：PYG）

旅遊亮點

- 亞松森（Asunción） ★ 作者推薦
- 伊維奎國家公園（Parque Nacional Ybycui）
- Vallemi洞穴（Cavernas de Vallemi）
- 特立尼達耶穌會傳教區 ★ 作者推薦
  （La Santísima Trinidad de Paraná）
- Monday瀑布（El Salto de Monday）
- 拉古納布蘭卡自然保護區
  （Reserva Natural Laguna Blanca）

19 烏拉圭

Uruguay

① 全名：烏拉圭東岸共和國
（República Oriental del Uruguay）

② 首都：蒙特維多（Montevideo）

③ 貨幣：披索（Peso，貨幣編號：UYU）

旅遊亮點

- 蒙特維多（Montevideo）
- 科洛尼亞德爾沙加緬度 ★作者推薦
（Colonia del Sacramento）
- 埃斯特角城（Punta del Este）
- 阿特蘭蒂達（Atlántida）
- 派桑杜（Paysandú）
- 拉帕洛馬（La Paloma）

Anexo
附錄

01 西班牙語字母表
Abecedario

MP3-101

字母大寫	小寫	西語發音
A	a	a
B	b	be
C	c	ce
Ch	ch	che
D	d	de
E	e	e
F	f	efe
G	g	ge
H	h	hache
I	i	i
J	j	jota
K	k	ka

L	l	ele
Ll	ll	elle
M	m	eme
N	n	ene
Ñ	ñ	eñe
O	o	o
P	p	pe
Q	q	cu
R	r	erre
S	s	ese
T	t	te
U	u	u
V	v	uve

W	w	uve doble
S	x	equis
Y	y	i griega
Z	z	zeta

▶ 西班牙語字母

① 西班牙語共有二十七個字母，可分成五個母音（a、e、i、o、u）和二十二個子音。西班牙皇家學會在2010年制訂的最新規定中，字母「ch」可以併入字母「c」、字母「ll」可以併入字母「l」。為了方便讀者學習，本書仍在字母表中保留這二個字母。

② 西班牙語母音的發音固定不變，非常容易學習。只要跟著字母表的順序學習，您就能開口說出跟西班牙語母語人士一樣好的西語發音。

③ 若您想快速掌握基礎西班牙語，請參考《信不信由你　一週開口說西班牙語 ÉXITO: Español introductorio》、若您想讓自己具備A1程度的西班牙語能力，可閱讀《大家的西班牙語A1 ¡Hola! Español para todos A1》（上述二書皆由瑞蘭國際出版）。

02 西班牙語字母拼音

Pronunciación

MP3-102

▶ 母音與子音拼讀

母音 子音	A	E	I	O	U
B	ba	be	bi	bo	bu
C	ca	ce	ci	co	cu
Ch	cha	che	chi	cho	chu
D	da	de	di	do	du
F	fa	fe	fi	fo	fu
G	ga	ge	gi	go	gu
		gue	gui		
		güe	güi		
H	ha	he	hi	ho	hu
J	ja	je	ji	jo	ju
K	ka	ke	ki	ko	ku

L	la	le	li	lo	lu
Ll	lla	lle	lli	llo	llu
M	ma	me	mi	mo	mu
N	na	ne	ni	no	nu
Ñ	ña	ñe	ñi	ño	ñu
P	pa	pe	pi	po	pu
Q		que	qui		
R	ra	re	ri	ro	ru
S	sa	se	si	so	su
T	ta	te	ti	to	tu
V	va	ve	vi	vo	vu
W	wa	we	wi	wo	wu

X	xa	xe	xi	xo	xu
Y	ya	ye	yi	yo	yu
Z	za	ze	zi	zo	zu

▶ 西班牙語重音

① 1.有重音符號時，重音在有重音符號的音節。

例字：「útil」（好用的）、「café」（咖啡）

② 母音a、e、i、o、u和子音n、s結尾的單字，重音在倒數第二個音節。

例字：「silla」（椅子）、「baño」（化妝室）

③ 以n、s以外的子音結尾時，重音在最後一個音節。

例字：「calidad」（品質）、「reloj」（鐘 / 錶）

④遇到雙母音的單字，重音在強母音a、e、o。

例字：「huevo」（蛋）、「tiempo」（時間）

⑤ 由兩個弱母音組成的單字，重音在後面的母音。

例字：「diurno」（白天的）、「ruido」（聲音）

⑥ 遇到ar、er、ir結尾的單字時，重音在這三個結尾字母。

例字：「nadar」（游泳）、「comer」（吃）、「dormir」（睡）

作者介紹

作者 / José Gerardo Li Chan 李文康

西班牙語母語人士、資深西語系國家文化與經貿策略講師。多次至西班牙與中南美洲進行商務拜訪及自助旅行，非常了解西語系國家特色和現況。曾在多所大學、社區大學、協會及中小學舉辦西語系國家文化、旅遊、傳統習俗等專題講座。是學生眼中充滿熱情與活力的西班牙語老師。

現任 / 國立政治大學外文中心、政大公企中心西班牙語專任講師

著作 /《帶著西班牙語趴趴走 ¡A viajar!》、《大家的西班牙語A1 ¡Hola! Español para todos A1》、《信不信由你 一週開口說西班牙語 ÉXITO: Español introductorio》、《蜘蛛網式學習法：12小時西班牙語發音、單字、會話，一次搞定！R.E.D.》、《實用西語帶著背》、《西語動詞，帶這本就夠了！》、《絕對實用旅遊西語》（皆由瑞蘭國際出版）。《天天學外語 7天開口說西班牙語》（北京外研社），《實用西語帶著背》、《絕對實用旅遊西語》（皆由中國西安世圖出版）。

譯者 / Esteban Huang 黃國祥

熱愛探索拉丁美洲的自助旅行者，長期從事台灣新住民華語教學與志工培訓及心理助人工作。曾受邀至各級教育單位、市立圖書館、廣播電台、獨立書店等單位，擔任拉丁美洲國家文化、自助旅行與心靈成長等議題之主講。

著作 / 《別笑！用撲克牌學泰語：泰語旅遊會話卡》、《別笑！用撲克牌學泰語：泰語生活單字卡》（皆由瑞蘭國際出版）。《帶著西班牙語趴趴走 ¡A viajar!》、《大家的西班牙語A1 ¡Hola! Español para todos A1》、《信不信由你　一週開口說西班牙語 ÉXITO: Español introductorio》、《實用西語帶著背》、《西語動詞，帶這本就夠了！》、《絕對實用旅遊西語》（皆由瑞蘭國際出版，與José Gerardo Li Chan合著）。《天天學外語 7天開口說西班牙語》（北京外研社，與José Gerardo Li Chan合著），《實用西語帶著背》、《絕對實用旅遊西語》（皆由中國西安世圖出版，與José Gerardo Li Chan合著）。

國家圖書館出版品預行編目資料

西班牙語導遊教你的旅遊萬用句 /
José Gerardo Li Chan 著；Esteban Huang 譯
-- 初版 -- 臺北市：瑞蘭國際, 2017.09
288 面；10.4×16.2 公分 --（隨身外語系列；60）
ISBN：978-986-95158-8-7（平裝附光碟片）

1. 西班牙語 2. 旅遊 3. 會話

804.788　　106015719

隨身外語系列 60

西班牙語導遊教你的旅遊萬用句

作者｜José Gerardo Li Chan・譯者｜Esteban Huang
責任編輯｜葉仲芸、王愿琦
校對｜José Gerardo Li Chan、Esteban Huang、葉仲芸、王愿琦

西語錄音｜José Gerardo Li Chan、Wei-Ying Chang（張偉英）、鄭燕玲
錄音室｜采漾錄音製作有限公司
封面設計｜余佳憓・版型設計｜余佳憓、林士偉・內文排版｜林士偉

董事長｜張暖彗・社長兼總編輯｜王愿琦・主編｜葉仲芸
編輯｜潘治婷・編輯｜林家如・編輯｜林珊玉・設計部主任｜余佳憓
業務部副理｜楊米琪・業務部組長｜林湲洵・業務部專員｜張毓庭
編輯顧問｜こんどうともこ

法律顧問｜海灣國際法律事務所　呂錦峯律師

出版社｜瑞蘭國際有限公司・地址｜台北市大安區安和路一段104號7樓之1
電話｜(02)2700-4625・傳真｜(02)2700-4622・訂購專線｜(02)2700-4625
劃撥帳號｜19914152 瑞蘭國際有限公司
瑞蘭國際網路書城｜www.genki-japan.com.tw

總經銷｜聯合發行股份有限公司・電話｜(02)2917-8022、2917-8042
傳真｜(02)2915-6275、2915-7212・印刷｜宗祐印刷有限公司
出版日期｜2017年09月初版1刷・定價｜320元・ISBN｜978-986-95158-8-7